나   는
누드모델입니다
MY BODY,
my work, my hope

나 는
누드모델입니다
MY BODY,
my work, my hope

날것 그대로 내 몸을 마주한다는 것에 대하여

하영은 지음

라곰

누드모델에 대한 왜곡된 시선과 직업적 편견에 맞서 숱한 시간을
당당하게, 열정적으로 누드모델업계를 개척해낸 하영은.

그녀는 누드모델로 활동하면서 수많은 예술가에게
가장 순수한 형태로 영감을 제공하며,
수준 높은 예술작품의 탄생을 이끈 뮤즈였다.
화려한 스포트라이트를 받는 예술작품 뒤편에서 30여 년간
묵묵히 자신의 역할을 해온 누드모델로서의 삶에
예술계에 종사하는 한 사람으로서 박수를 보낸다.

처음 누드모델을 섰던 '한탄' 강에서부터 수천 번 타인 앞에
모델로 섰던 여정을 되짚어보며 진솔하고, 꾸밈없이 고백한
그녀의 이야기는 단순 흥미나 호기심이 아닌
누드모델과 예술의 관계를 올바르게
바라보는 시선을 만들어줄 것이다.

— 변종필(미술평론가, 제주현대미술관 관장)

Contents

Part 1

"당신의 몸을 제대로 마주한 적이 있나요?"

: 날것 그대로의 몸

Part 2

"누드모델 일을 한다는 것"

: 누군가에게 읽히는 몸

Part 3

"부끄러움이 자부심이 되기까지"
: 나를 지켜주는 몸

Prologue

누드모델을 처음 만나는 당신에게

나는 누드모델이다.

지난 30여 년간 한국누드모델협회를 이끌면서 셀 수 없이 많은 작가들과 디자이너, 예술가를 지망하는 학생들 앞에 섰다. 작업을 위해 지구 반대편까지 가는 일도 심심치 않게 있었다. 그런데 내게는 작업실이 있는 홍대나 눈부신 해변가가 펼쳐진 호주나 별반 다를 게 없었다.

행여 사고가 나서 몸이 다칠까 봐, 몸에 작은 흔적이라도 남을까 봐, 낯선 음식을 먹고 탈이 나서 제대로 작업을 완수하지 못할까 봐, 어디서든 정해진 내 규칙대로만 움직이는 것이 몸에 밴 탓이다.

이런 삶을 후회하지 않는다. 그 순간 난, 인간의 벌거벗은 육체를 그리거나 조각하길 원하는 누군가에게 최고의 모델이 되기 위해 어떤 사람보다도 열정적이었으니까.

그렇게 내 몸은 예술가의 손을 거쳐 때로는 회화 작품이 되고, 조각품이 되어 미술관에 전시되었다. 때로는 의상 제작을 위한 기초 작업에 동원되기도 했다. 때로는 나의 움직임을 따서 게임 캐릭터로 제작되기도 했다. 때로는 의료용 인체모형이 되어 누군가의 삶에 어우러졌다.

매번 누군가의 손을 거쳐 재탄생하는 나의 몸을 보며, 언제부턴가 직접 사람들에게 나의 이야기를 하고 싶었다.

누드모델을 바라보는 왜곡된 시선과 편견에 대한 항변, 의외로 우리 생활 곳곳에 스며있는 누드모델들의 역할, 그리고 내 육체를 마주보는 것이 나 자신에게 얼마나 실체적인 안정감과 위안을 주는지에 대해서도 말하고 싶었다. 몸 구석구석을 뚫어져라 집중해서 바라보고, 자각하는 일을 누구나 꼭 한 번은 경험하길 바라는 마음도 컸다.

두서없이 떠돌던 생각들을 누드모델로 섰던 수백, 수천 번의 작업을 떠올리며 정리하다 보니 비로소 당당하게 내 이야기를 할 수 있는 때가 온 것 같다.

이 책은 나와 '누드모델 하영은'이 겪은 모든 여정의 기록이다.

아름다운 것에 매료되는 것이 인간의 본능이듯,
나의 몸을 통해 본질적인 아름다움을 표현하는 것 또한 욕망이다.

"당신의 몸을 제대로 마주한 적이 있나요?"

: 날것 그대로의 몸

Part 1

벗으면 보인다

나는 매일 아침 일어나자마자 전신 거울 앞에 선다.

실오라기 하나 걸치지 않은 채. 30년 넘게 해온 나만의 루틴이다. 거울 속에는 어제와 비슷하면서 또 조금은 다른, 멀건 몸뚱이 하나가 있다. 변함없이 그 자리에서 나의 지난 세월을 지켜봐준, 마치 나와 가장 가까운 친구처럼 느껴진다.

잠시 동안 거울 속 내 몸을 뚫어지게 본다. 그런 다음 이리저리 돌려가며 머리부터 발끝까지 구석구석 찬찬히 살핀다. 날마다 거울 속 내 몸을 봐왔는데도, 볼 때마다 생경한 이 기분을 어떻게 설명할 수 있을까.

살집을 꽉 움켜쥐었다가 죽 당겨도 본다. 의심할 여지없이 내 몸이 확실하다. 그런데도 거울 속의 몸이 그저 생김새만 나와

똑같을 뿐, 인격은 전혀 다른 타자처럼 느껴지는 건 왜일까.

그렇게 한동안 거울을 응시하다 보면 불분명했던 몸과 정신의 경계가 또렷하게 하나로 합쳐진다. 그곳에 가장 뚜렷한 형태로 존재하는 내가 있다.

밤사이 내 몸이 변한 게 없었다는 확인이 끝나면, 작품 활동을 할 때 가장 익숙하게 취하는 포즈를 취해본다. 잘록한 허리에서 시작해 풍성한 곡선을 그리면서 완성되는 매끈한 하체 선은 언제 봐도 아름답다.

한가한 오전에 어울리는 조니 파토라Joni Fatora의 〈블루리스 버드Blueless Bird〉를 배경으로, 아무 생각 없이 그저 음악에 몸을 맡기고 움직여본다. 이 세상 누구보다 나를 잘 알고 이해해주는 친구와 편안하게 노는 기분이다. 세상에 오직 우리 둘만 존재하는 것 같은 오붓한 시간이다.

"나의 몸은 나의 전부"라고 니체가 말했듯, 몸은 그 자체로 이미 완성된 나다. 사람들은 나, 자아를 이야기할 때 생각, 정신, 영혼, 감정, 의지 등 눈에 보이지 않는 어렴풋한 이미지를 떠올린다. 그리고 그것이 자신을 규정하고 대변하는 유일한 것이라고 믿는다.

하지만 내 생각은 다르다. 나를 정의하는 가장 확실한 증거는 몸이다. 몸에는 그 사람의 나이, 평소 성격과 습관은 물론 은밀한 욕망까지도 배어있다. 내가 미처 기억하지 못하는 순간들까지도 고스란히 담고 있다. 인간의 기억력이란 완벽할 수 없고, 의식적으로든 무의식적으로든 기억을 조작하고 편집하는 불순함이 있다.

그러나 몸은 거짓이 없고 순수하다. 몸에 기록된 '나'는 정신이나 영혼에 비해 결코 가볍지 않다.

문득 팔꿈치에 시선이 멈춘다. 예전과는 확연히 다른 탄력을 보니 약간은 서글프다. 아마 누드모델을 하지 않았다면 그냥 지나쳤을, 시선을 잘 두지 않는 신체의 한 부분일 수도 있다. 나에게는 많은 것을 말해주는 팔꿈치이지만 말이다. 식단을 까다롭게 관리하고 운동을 철저히 해도 숨길 수 없는 것이 바로 노화의 흔적이다.

특히 팔꿈치처럼 우리 눈에 잘 띄지 않고, 그래서 무심히 지나치게 되는 부분은 지난 세월을 직격탄으로 맞게 마련이다.

결코 거스를 수 없는 중력의 작용을 이렇게 매일 눈으로 샅샅이 확인하고 나면 마음은 어느새 겸허해진다. 탄력을 잃고 주름이 패기 시작한 미간과 입가도 눈에 들어온다. 조글조글해진 손등의 핏줄, 무릎도 노화를 숨길 수 없다.

세월에 정면으로 맞서는 건 얼굴보다는 몸이라고, 나는 생각한다. 몸의 변화가 확연하게 눈에 들어올수록 거울 앞에 서있는 시간도 조금씩 늘어난다.

허리춤에 올린 손의 위치를 이리저리 옮겨보고, 젖힌 팔의 각도도 조금씩 튼다. 드디어 늙은 팔꿈치가 시야에서 사라졌다. 휴, 안도의 숨을 내신 뒤 나는 다시 옷을 주섬주섬 입는다.

벗어야 보이는 것들이 있다. 옷과 화장, 표정으로 애써 숨기고 한껏 꾸민 내가 아니라, '나'라는 사람의 '실체'가 궁금하다면 나의 벗은 몸을 봐야 한다. 그래서 '발가벗는 것'에는 아주 큰 용기가 필요하다.

민망함과 수치심은 찰나의 감정일 뿐이다. 진짜 어려운 건 꾸밈없이 나와 정면으로 마주하는 일이다.

아름다움의 증거를 발견하고자

"어쩌다 누드모델이 됐어요?"

누드모델을 하면서 잊힐 만하면 받는 질문이다. 질문의 의미는 대략 두 가지다.

어떻게 누드모델이 된 건지 정말 궁금해서 묻는 경우, 또 하나는 "어쩌다 남 앞에서 옷을 벗는 일을 하게 됐어요?", "남 앞에서 옷 벗는 거 괜찮아요?", "누드모델은 도대체 왜 하는 거예요?"라는 의미를 담아 에둘러 묻는 경우다.

전자의 의미대로 해석해서 대답한다면 그야말로 난 '어쩌다' 누드모델이 됐다. 운 좋게 작은 형부가 일하던 회사의 말단

직원으로 일하게 됐지만, 얼마 안 되던 월급은 꾸미기 좋아하는 스무 살 성인 여성에게는 턱없이 부족한 돈이었다. 그 와중에 철 지난 시대극 드라마에 꼭 한 번씩 등장하는 에피소드, 월급 강도를 실제로 당했다.

당장 다음 주 차비를 할 돈마저 한 푼 없던 절박한 상황에, 아르바이트로 일하던 레스토랑에서 내게 종종 모델 일을 제의했던 사진작가들이 떠올랐다. 시작은 이처럼 초라하고 볼품없었다.

후자의 의미로 묻는 질문이라면 대답은 조금 복잡해진다. 막상 누드모델을 시작하기까지는 꽤 오랜 고민과 번뇌의 과정을 거쳤지만, 어찌 됐든 우여곡절 끝에 난 누드모델로 데뷔했고, 이 분야에서 성공적으로 안착했다.

그럼에도 불구하고 내 일과, 내 선택에 대해 부정적이고 비꼬아 보는 듯한 의문을 가지는 사람들이 많았다.

직장인이 회사에 가고, 요리사가 요리를 하듯, 우연히 찾은 일에서 두각을 보였고 그래서 이 일을 계속할 뿐인데, 자꾸 나한테 사람들은 "왜 그 일을 하느냐"고 캐물었다. 몰지각한 사람들의 무시와 편견 어린 비아냥을 견디면서까지 난 왜 이 일을 하고 있을까.

안갯속을 헤매듯 뚜렷한 정답을 찾기 어려웠다. 그러다 어느 날 외젠 아제Eugene Atget의 작품 속 여인들이 눈에 들어왔다.

사진 속 여인들은 넓은 골반과 상체에 비해 훨씬 큰 엉덩이를 가지고 있다. 그 풍성한 뒤태에서는 에로티시즘 대신 몸 자체가 지닌 숭고함이 엿보인다.

그제서야 확실히 깨달았다. 본질적인 아름다움을 추구하는 것은 인간의 욕망이고 본능이며, 그 아름다움을 가장 직접적으로 이끌어낼 수 있는 피사체가 바로 우리 몸임을.

아름다운 것에 매료되는 것이 인간의 본능이듯, 나의 몸을 통해 본질적인 아름다움을 표현하는 것 또한 욕망의 한 갈래로 볼 수 있지 않을까.

처음에는 부끄럽고 수줍었지만, 지금은 내가 이 일을 정말 사랑하게 됐다는 것도 깨달았다.

그래서 이제 난 질문에 이렇게 답한다.

"그냥요. 이 일이 너무 좋아요."

영국의 미술평론가인 존 버거John Berger가 저서《다른 방식으로 보기》에서 제기한 물음은 인간의 이러한 본성을 정확히 꿰뚫는다.

"타인의 벗은 모습이 완전히 다 드러나는 순간, 그것은 어떤 방식으로 우리의 욕망에 영향을 미치는가?"

관능미와 섹슈얼리티가 뿜어져 나오는 누드가 아니라, 인간 몸 자체의 질감과 조형을 고스란히 드러낸 채 예술로서 우리를 치유해주는 작품들이 너무도 많다.

체모와 음모를 가감 없이 드러낸 채 해변에 누워있는 여인을 담은 에드워드 웨스턴Edward Weston의 사진을 보면 이루 말할 수 없는 해방감과 자유로움이 느껴진다.

이처럼 수많은 작가들의 작품을 보면서 나의 대답은 갈수록 명료해졌다.

인간이 추구하는 가장 순수한 형태의 아름다움은 바로 우리 몸에 숨겨져있다는 것.

스스로 미처 발견하지 못한 아름다움의 증거를 우리는 누군가의 누드를 통해 끊임없이 발견하려는 것은 아닐까.

그게 내가 참여한 작품이라면 더할 나위 없이 행복할 것 같다.

어느 발레리노의 몸

어느 날 비쩍 마른 몸의 한 남자가 누드모델협회를 찾아왔다.

"전화했던 사람입니다. 누드모델을 하고 싶습니다."

일전에 그와 통화했을 때가 생각났다. 꽤 굵었던 목소리에 비해 깡마른 몸의 소유자였다. 그는 발레리노였다.

전문 무용수로 자신의 분야에서 아쉬울 것 없이 활동하던 그가 뜬금없이 누드모델을 하겠다며 찾아온 건 의외였다.

협회를 통해 누드모델이 되는 과정은 간단하다. 기본적인 신상 정보와 몸 상태를 확인한 후 실전 연습을 통해 무대에 설 수 있을지, 없을지를 협회와 모델 스스로가 판단한다.

　무엇보다 성별이나 나이, 체형 조건이 그다지 까다롭지 않다. 나이, 성별에 제한은 없으며, 체형도 깎아놓은 듯한 조각상 몸매를 원하지는 않는다. 그런 몸은 거의 없다.

　실제로 우리 협회에는 마르거나 날씬한 모델만 있지 않으며, 살집이 좀 있는 모델도 많다. 또한 보기만 해도 탄력이 느껴지는 몸보다는 세월의 흔적이 느껴지는 몸을 지닌 모델이 대부분이다.

　사람들의 얼굴이 각각 모두 다 다른 것처럼, 모델들의 몸도 각기 다 다르며, 또 그래야만 한다.

　유일하게 따지는 신체 조건은 불균형이다. 척추측만증 등으로 한눈에 보기에도 좌우 비대칭이 심한 경우에는 모델이 되기 어렵다. 누드가 필요한 작업은 대체로 일반적이라고 할 만한 신체를 필요로 하는데, 불균형이 과하면 그 기준에 어긋나기 때문이다.

　전신을 덮을 정도로 과한 문신을 한 사람도 제외된다. 문신의 면적이 너무 넓으면 몸의 주름이 잘 보이지 않기 때문이다.

　가장 중요한 선발 기준은 '누드모델을 하려는 목적'이다. 누드모델이 되려면 의도와 동기가 순수해야 한다. 간혹 누드모델 행위를 성적 쾌감을 느끼는 수단으로 이용하려는 이들도 있다. 불순한 의도가 조금이라도 보이거나, 이와 관련해서 거짓말을 하는 경우에는 가차 없이 돌려보낸다. 이 일을 30년 넘게 하다 보니 한두 마디 대화만 나눠도 이런 얄팍한 수는 간단히 읽힌다.

누드모델을 하겠다고 온 이들에게 나는 이름이나 나이를 묻는다. 그런데 이 간단한 질문에도 대답하기를 꺼리는 경우가 꽤 있다. 두세 번씩 질문을 해도 "마흔쯤 됐어요", "이름을 반드시 밝혀야 하나요?"라며 답을 피하는 것이다.

내가 궁금한 건 실제 그 사람들의 이름과 나이가 아니다. 스스로 자신을 드러낼 준비가 얼마나 되어있는가를 파악하려는 최소한의 질문일 뿐이다.

다른 사람 앞에 발가벗고 서는 누드모델이 되겠다면 본인의 이름과 나이, 현재 어떤 분야에서 일하고 있는지 정도는 당당히 말할 수 있어야 한다는 게 내 생각이다. 그렇게 하지도 못하는데 발가벗고 타인 앞에 선다는 건 모순이다.

실명과 주민등록번호는 결국 밝힐 수밖에 없다. 안 그러면 모델료를 지급할 수 없으니 말이다. 대신 누드모델협회에서는 개인신상 정보를 엄격하게 관리한다. 모델료 지급을 위해 꼭 필요한 서류를 제외하고는 그 이상의 정보를 요구하지도 않을뿐더러 모델들의 신상 정보와 관련된 서류는 다른 이들의 접근이 불가능한 곳에 따로 보관한다.

이러한 내용을 처음에 자세히 설명해줘도 자신의 이름과 나이를 끝끝내 말하지 않는 이들도 있다. 물론 그는 거리낌 없이 이 모든 과정을 통과했다.

"누드모델을 왜 하려고 해요?"

내 질문에 그가 담담하게 말을 이어갔다.

"몸으로 다양한 감정을 표현해내는 게 제 일이에요. 짜인 동작을 정확히 수행하는 것을 넘어서, 보다 자유롭게 제가 느끼는 감정을 온몸으로 전달하고 싶어요. 몸 그 자체가 누군가에게 예술의 영감이 될 수 있는지도 경험해보고 싶어요. 지금 한번 보여드릴까요?"

무대에 오른 경험이 많아서인지 자기를 드러내는 데도 거침이 없었다. 그 자리에서 대뜸 벗은 몸을 보여주겠다는 그를 말렸다. 누드모델이 되기 위해서 반드시 거쳐야 하는 통과의례쯤으로 여긴 듯했다.

하지만 내가 그의 벗은 몸을 볼 필요는 없다. 그가 무용수라서가 아니라, 그 누구도 어떤 이의 발가벗은 몸을 보며 평가할 수 없으며, 평가해서도 안 된다. 그 대상이 누드모델일지라도.

"옷을 벗을 필요는 없어요. 누드모델을 할 수 있는 몸인지, 아닌지는 옷을 입은 상태에서도 충분히 판단할 수 있으니까요. 혹시 우리 협회에서 누드모델을 하지 않게 되더라도, 앞으로 누군가가 평가나 면접을 빌미로 '옷을 벗으라'고 한다면 그 사람은 무조건 사기꾼이니까 피하세요. 본격적으로 모델을 하기 전에 우선 크로키 수업에 참가해서 다른 사람의 누드를 먼저 그려보죠."

누드모델 지망생에게 내가 가장 먼저 던지는 과제는 다른 이의 누드를 그려보는 것이다. 이 과제를 주는 데는 몇 가지 이유가 있다.

첫 번째, 속옷 하나 걸치지 않은 날것 그대로의 몸이 주는 엄청난 압도감을 직접 경험해본 모델과 그렇지 않은 모델의 표현력은 하늘과 땅 차이다. 이는 연인의 알몸을 보는 것과는 차원이 다르다. 움직이지 않는 어떤 육체를 오랫동안 응시하는 것, 그것은 웬만한 경험과 연습 없이는 어렵다.

두 번째, 누드모델을 하고자 한다면 자신의 몸이 다른 사람에게 어떻게 비치는지를 먼저 알아야 한다. 각 신체 부위가 어떻게 연결되고 육체의 굴곡이 어떻게 이어지는지 직접 보고 나면, 간단한 포즈라도 취하는 게 달라진다. 훨씬 수월하게 감을 잡고 표현해낸다.

세 번째, 다른 모델의 표현과 연기를 배울 수 있는 기회가 된다. 동일한 환경과 주제라도 모델마다 표현하는 방식이 다르다. 무엇이 다른지 살펴보고, 나만의 스타일을 고민해볼 수 있다.

훌륭한 모델이 되고 싶은 이들에게 나는 많은 모델을 직접 보고 그려볼 것을 추천한다.

마지막으로 가장 중요한 것 하나. 누드가 별나고 외설스러운 행위라는 편견을 떨쳐낼 수 있게 된다. 자신이 직접 누드모델의 그림을 그려보면, 그 누구도 자신의 감정을 온몸으로 드라마틱하게 표현하는 누드모델을 향해 '야하다', '자극적이다'라고 생각할 수 없다. 그는 서툰 솜씨지만 무사히 첫 크로키 수업을 마쳤다.

드디어 그의 첫 누드모델 데뷔 시간, 옷에 가려졌던 맨몸이 드러나자 나는 '헉' 하고 숨이 턱 막혔다.

더 이상 쪼개질 수 없을 정도로 매우 미세하게 발달한 근육이 온몸을 덮고 있었기 때문이다. 목, 쇄골, 팔, 배, 골반, 엉덩이, 대퇴부와 종아리까지 이어지는 굴곡에 불필요한 지방은 단 하나도 없었다. 지금까지 수많은 모델을 봐왔음에도, 사람의 둔부에 그토록 정교한 근육이 존재할 수 있다는 것을 나는 그때 처음 알았다.

도대체 얼마나 연습을 하고, 얼마나 자신을 몰아붙여야 저런 몸이 가능할까. 십수 년간 그는 매일 자신의 욕망과 싸우고 절제하며, 지난한 반복을 거듭하며 스스로를 단련시켰을 것이다.

그가 특별한 포즈나 연기를 시작하지 않았는데도 내 눈에서 왈칵 눈물이 났다. 그가 거쳐온 지난 시간들이 내 눈앞에 단번에 펼쳐지는 듯했다. 몸이 모든 것을 말해주고 있었다. 그의 몸을 봤다면 누구라도 이런 감정을 느꼈을 것이다.

그는 능숙한 무용수답게 몸을 자유자재로 움직였다. 숨 쉬는 것만큼이나 자연스러운 동작들이겠지. 몸으로도, 연기로도,

그는 이미 완벽한 누드모델이었다.

예술이 가진 가장 큰 힘은 '감정의 전이'다. 군살 없는, 인형 같은 몸매를 가졌다고 해서 우수한 모델은 아니다. 능수능란하게 포즈를 잘해내는 것도 전부가 아니다. 몸매도 좋고 포즈도 훌륭하지만 우뚝 세워놓은 각목마냥 감흥을 주지 못하는 몸이 있는 반면, 어떤 몸은 그 자체만으로도 이야기와 감정을 전달하기도 한다.

화가 조성미 선생은 언젠가 내게 "작가를 설레게 하는 모델"이라고 말한 적이 있다. 모델에게 할 수 있는 최고의 찬사 중 하나라고 생각한다. 솔직하지 못한 몸, 억지로 꾸며놓은 몸은 결코 마음을 움직일 수 없다.

옷과 화장, 표정으로 애써 숨기고 한껏 꾸민 내가
아니라, 벗어야 보이는 것들이 있다.

모든 아름다운 것은 무죄

"가장 아름다운 자연은 인간의 몸"이라고 했던가.

나는 그 말에 전적으로 동의한다. 일반적으로 누드라고 하면 '벗는다'는 행위 자체만 떠올리겠지만, 이보다는 좀 더 복합적인 의미가 내포되어있다. 직선과 곡선, 양각과 음각이 절묘하게 어우러진 육체가 뿜어내는 복잡 미묘한 신비로움, 그리고 에로티시즘의 향연이다.

이런 이야기에 고개를 갸우뚱하는 이들이 있다. 그럴 때마다 난 기원전 4세기경 인류 최초의 누드모델로 알려진 프리네Phryne의 이야기를 들려준다. 이 일화는 육체가 지닌 강력한 마력을 어렴풋하게나마 짐작하게 한다.

프리네는 뛰어난 미모에 높은 교양까지 갖춰 뭇 남성들의 동경의 대상이었다. 어느 날 그녀는 그리스의 종교 행사에서 벌거벗고 바다에 들어가는 퍼포먼스를 하다가, 신성모독죄로 법정에 서게 된다. 프리네의 환심을 얻으려다 끝내 실패한 어떤 이의 복수였다. 당시 신성모독은 사형에 처할 수 있는 매우 중한 죄였다.

그녀를 변호한 사람은 아테네 최고의 변호사이자 프리네의 애인이었던 히페리데스Hyperides였다. 그는 프리네의 무죄를 주장하는 장황한 변호를 거침없이 쏟아내다 갑자기 배심원 앞에 서있던 프리네의 옷을 벗겼다. 그리고 이렇게 말했다.

"이 여인의 완벽한 아름다움은 신의 의지입니다. 이를 신성모독이라고 볼 수 있을까요. 인간이 만든 법을 여기에 적용할 수 없습니다."

눈부시게 아름다웠던 프리네의 육체는 법정에 있던 모든 이의 시선을 사로잡았다. 재판관과 배심원은 경탄과 동경, 갈망이 가득 찬 눈으로 그녀의 몸을 바라봤고 결국 그녀에게 '무죄'를 선고했다.

프랑스 화가 장 레옹 제롬Jean Leon Gerome이 그린 〈배심원 앞에 선 프리네Phryne Before the Areopagus〉는 이런 상황을 묘사하고 있다. 아마도 '모든 아름다운 것은 무죄'라는 명제가 적용된 인류 최초의 사건이 아닐까 싶다.

프리네와 관련된 일화는 또 있다. 엘레우시스 축제에 참석한 프리네는 무더위를 참지 못하고 바다에 뛰어들어 더위를 식혔다. 물 밖으로 나온 그녀의 육체는 아름다운 자태를 뽐냈다.

이를 지켜보던 당대 최고의 화가 아펠레스Apelles는 그녀의 모습을 화폭에 옮겼다. 이 그림이 〈아프로디테 아나디오메네 Aphrodite Anadyomene〉다.

아프로디테는 그리스 신화에 나오는 미와 사랑의 여신을 말하고, 그리스어 아나디오메네Anadyomene는 '바다에서 솟아나다'라는 뜻이다.

이렇게 미술사에 기록된 최초의 누드모델인 프리네는 막대한 부도 얻었다. 자신이 살던 고향 테베의 성벽이 외부 공격으로 무너지자 이를 재건하는 데 필요한 자금을 댈 수 있을 정도였다. 수백, 수천 년 전부터 아름다움은 타인의 경배와 부를 이끌어낼 수 있는 가장 확실한 수단이었다.

그리고 그 아름다움의 결정체에는 인간의 몸, 육체가 있었다.

미술사를 보면 시대에 따라 아름다움에 대한 정의, 육체를 바라보는 시선이나 해석이 조금씩 달라진다는 사실을 알 수 있다.

18세기까지는 주로 고대신화, 성경, 문학을 소재로 한 누드화가 주를 이뤘다. 윌리엄 에티William Etty가 존 밀턴John Milton의 장편 서사시 〈실낙원〉를 읽고 그린 〈홍수 이전의 세상The World Before the Flood〉이 대표적이다.

19세기부터 인상주의 작가들은 실제 누드모델을 내세워 본격적으로 여성의 몸을 그리기 시작했다. 로렌스 알마 타데마Lawrence Alma Tadema의 〈좋아하는 풍습A Favourite Custom〉, 에드가 드가Edgar De Gas의 〈욕조The Tub〉, 오귀스트 르누아르Pierre Auguste Renoir의 〈햇빛 속의 누드Nude in the Sunlight〉 등 인상주의 작가들이 그린 그림은 지금 보아도 유려하고 따뜻하다.

누드화가 하나의 장르로 확립된 것은 근대에 들어서다. 페미니즘이 태동하면서 전통적인 여성 누드를 거부하는 새로운 움직임들이 일어난다. 신디 셔면Cindy Sherman, 트레이시 에민Tracey

Emin 등 현대 여성작가들은 실제의 여성상을 구체적으로 그려내는 데 집중한다.

여성을 그저 아름다운 존재, 무한한 에너지를 지닌 예술의 결정체가 아니라, 한 인간으로서 연약하고 유한한 존재로서 표현한다. 이렇게 누드는 여성을 바라보는 시대의 정신과 화두를 대변하는 역할도 담당해왔다.

누드모델을 단순히 '벗은 모델'로 설명하는 것에 대해 내가 반기를 드는 이유다.

〈배심원 앞에 선 프리네〉는 '모든 아름다운 것은 무죄'라는
명제가 적용된 인류 최초의 사건을 묘사한다.

옷을 입지 않은 내 몸은 처음이라서

베테랑 누드모델인 내게도 '처음'은 있었다.

1988년 8월 26일 일요일 오전 11시. 벌써 30년도 더 지난 일이지만 그날의 햇빛, 온도, 공기까지 마치 어제 일처럼 생생하다. 나를 포함해 모델은 총 다섯 명이었다.

얼떨결에 '누드모델'을 해보겠다고 덜컥 결심하고, 얼마 지나지 않은 날이었다. 나는 한탄강 강변에 주차된 승합차 안에서 망연자실한 표정을 한 채 벌벌 떨리는 목소리로 "안 돼요, 못 하겠어요"라는 말만 되풀이하고 있었다. 치한이라도 만난 것처럼 옷깃을 꽉 움켜쥐고 몇십 분째 버티는 중이었다.

지금은 수해로 인해 한탄강 지형이 많이 바뀌었지만, 그때만 해도 한탄강 둔치에는 넓은 공터가 여기저기 있었다.

그날 모인 사진작가만 400~500여 명에 달하는 대규모 사진 촬영대회였다. 전국 각지에 있는 사진작가들이 타고 온 관광버스만 해도 스무 대가 넘었다.

그때에는 그런 대회가 대규모로, 매주 열렸다. 사진작가협회에서 인정한 정식 사진작가가 되기 위해서는 대회 입상 외에 특별한 경로가 없었기 때문이다.

사진작가 지망생들이 공모전이나 촬영대회에 작품을 내면, 사진작가협회에 등록된 사진작가들이 심사해서 순위를 결정한다. 수상하면 해당 작가는 협회에 정식으로 등록되고, 그제야 '정식 사진작가'로 인정을 받았다.

'사진작가 자격증' 같은 게 따로 있었던 건 아니지만, 협회 등록 여부가 그 작가의 실력을 판가름하는 중요한 기준임에는 틀림없었다. 물론 지금은 사진작가협회의 영향력은커녕 존재조차 무의미해졌지만 말이다.

그러니 그 당시에는 사진깨나 찍는 이들이 주말마다 적게는 수십 명, 많게는 수백 명씩 모여 촬영대회를 열곤 했다. 개인 촬영을 하는 작가들도 있었는데, 그렇게 경제적으로 넉넉한 작가는 흔치 않았다. 뜻이 맞는 작가들이 각자 참가비를 조금씩 내서 대회를 개최했다. 그 돈으로 모델을 섭외하고 버스를 빌리는 것이었다.

나의 데뷔 무대인 한탄강 촬영도 그렇게 마련된 자리였다.

그날 모인 모델 중 '초보'는 나 혼자였다. 도착하자마자 선배 모델들이 몸에 오일을 바르며 자연스럽게 촬영을 준비하는 동안, 나는 고개를 내저으며 온몸으로 '탈의'를 거부했다.

'아무리 누드라지만 정말 팬티까지 모조리 다 벗는다고? 절대 못 해!' 무지했던 건지, 순진했던 건지, 누드모델 하겠다고 제 발로 걸어와서는 옷은 안 벗겠다고 말하는 내가 스스로도 한심하고 어이없었다.

하늘이 무너지는 기분이 이런 걸까 싶었다. 말 그대로 '딱 죽고 싶었'다. "괜찮다", "일일 뿐이다", "막상 벗고 나면 별거 아니다"라며 나를 달래주던 선배들도 지쳤는지 조금씩 짜증을 냈다.

급기야 주최 측 관계자 한 명은 나에게 손해배상을 청구하겠다며 협박하기 시작했다. 나 때문에 오늘 대회가 불발되면 이 행사의 진행 비용을 죄다 물어줘야 한다는 것이다.

그놈의 돈이 뭔지, 그 이야기를 듣고서야 잠시 잊고 있었던 현실 감각이 조금씩 되살아났다.

나는 눈물이 멈추지 않아 여전히 들썩이는 어깨를 애써 진정시키며 차에서 오일을 발랐다. 겨우 몸은 움직였지만 서러운 마음은 좀처럼 가라앉지 않았다. 그다음은 정확하게 기억나지 않는다. 이미 정신은 저만치 달아난 후였으니까.

내 몸에 걸치고 있던 마지막 실오라기, 얇은 가운은 결국 내 손으로 벗지 못해 누군가가 도와줬다. 그렇게 차에서 내렸고, 멍한 상태로 한 무리의 사람들 틈으로 비집고 들어갔다.

동시에 파파박 하고 터지는 수백 개의 셔터 소리에 눈을 질끈 감았다. "모델! 눈 떠요!" 나를 찍던 사진작가들이 무자비하게 소리 질렀다.

그들은 내가 팬티를 입었는지 혹은 벗었는지, 가슴 모양은 어떻게 생겼는지, 몸 어디에 군살이 붙었는지는 통 관심 없는 듯 보였다. 오로지 사진, 자기 작품에만 몰두했다.

난 포즈는 고사하고 다시 울음이나 터지지 않으면 다행인 상태로 첫 촬영을 겨우 마쳤다. 그날 경험한 충격과 공포, 그리고 왠지 모를 죄책감은 이후 상당 기간 동안 날 괴롭혔다.

수백 명의 사진작가 앞에서 알몸으로 우두커니 서있자니 탄식이 절로 나왔다. 하필 '한탄'강 앞이었으니, 누드모델 데뷔 장소치고 이렇게 절묘한 이름을 가진 곳이 또 있을까 싶다.

몸에 대해 이토록 강렬한 경험을 한 적은 없었다. 지금까지도 당시 내 몸의 감각이 나에게 선명하게 남아있다. 같은 맨몸이라도 밀폐된 공간이 아닌 사방이 탁 트인 야외에 있는 것은 천양지차다. 바람, 햇빛, 공기, 소리, 거기에 더해 수많은 시선들이 필터링 하나 없이 고스란히 내 피부에 와닿았다. 내 몸에 존재하는 모든 감각이 처음으로 깨어난 순간이었다.

인간은 다른 동물에 비해 피부도 연약하고 피부를 덮고 있는 털도 거의 퇴화했다. 특히 성기처럼 유독 피부가 연하고 쉽게 공격당할 수 있는 부위들은 필히 무언가로 가렸고, 그게 바로 의복의 시초다. 옷이 애초의 목적처럼 몸의 안전을 지켜주는 용도로만 사용되었다면 내 첫 누드는 훨씬 수월했으리라.

하지만 오늘날 의복은 수많은 사회적 역할을 수행하고 있다. 수치심과 약점을 감추며, 보잘것없는 자신을 그럴싸하게 포장해준다. 누구나 그렇듯 '옷'을 입지 않은 '내 몸'을 상상해본

적이 없었다. 그런 나에게 옷을 빼앗다니!

한탄강에서의 호된 신고식 이후로 나는 달라졌다. 더 이상 '누드모델 하영은'은 허공에 둥둥 떠다니는 이름이 아니었다. 두 발을 땅에 디딘 채 명료하게 존재하기 시작했다. 온 우주의 시선이 내 몸을 향하고 있었다.

몸은 수십만 개의 세포가 결합된 거대한 감각의 덩어리다. 그것을 깨닫는 '자각'이야말로 누드모델로서의 시작이다.

세상 어디에도 없고 어디에도 있는 누드

살면서 누드모델을 직접 만날 일이 얼마나 있을까. 떠오르는 장면이 많지 않을 것이다. 그림이나 사진을 통해 작품 속 모델을 만나는 일이 보편적이다.

오래된 명화 속에서, 자기만의 감성으로 피사체의 모습을 담아내는 사진작가의 작품에서, 누드모델과 일반인들의 거리감이 꽤 있어 보인다. 하지만 누드는 우리 일상과 매우 가까이 있다.

우리 누드모델협회도 그러하지만, 누드모델들이 한 해 중 가장 바쁜 시기가 3~4월이다. 전국 대학이 일제히 개강을 하면서 상당수 예술학과에서 기초 드로잉 수업을 진행하기 때문이다.

사람의 몸을 그리는 인체 드로잉은 모든 예술분야에서 기본이다. 인체를 정확히 이해하고 묘사하는 것은 다른 사물이나 동물, 또는 상상 속 이미지 같은 복잡한 대상을 그리기 위한 첫 단계이다.

때로는 상황이 여의찮아 사진을 보고 따라 그리는 경우도 있는데, 실제 사람의 몸을 눈으로 보는 것과 사진 속 몸을 보는 것의 차이는 매우 크다.

뷰파인더와 렌즈를 통해 형체가 왜곡되는 것은 피할 수 없다. 무엇보다 실제 사람의 몸이 주는 압도감을 정확하게 이해하려면 직접 봐야 한다.

비단 순수예술에만 해당되는 이야기는 아니다. 패션 관련 학과의 수업에서도 인체 구도를 가장 기본으로 삼는다. 사람 몸의 비율과 형태, 특징들을 고스란히 담은 9등신, 10등신을 그릴 수 있어야 실용적인 의상디자인 스케치가 나올 수 있기 때문이다. 그래서 패션학과 학생들은 인체 드로잉만 수백 개를 그린다.

사람의 알몸이 필요한 곳은 이 밖에도 많다. 2002년부터 방영되고 있는 KBS 다큐멘터리 〈생로병사의 비밀〉 도입부에는 방송 시그널 음악과 함께 인서트 영상이 나온다.

그 영상 속 몸의 주인공도 나다.

건강과 인체에 대한 정보들을 다루는 다큐멘터리이다 보니, 프로그램 측에서 사람의 몸을 직관적으로 보여줄 수 있는 이미지를 찾고 있었다.

그런데 모형은 현실감이 떨어지고 일반모델은 전신 누드에 대한 부담감이 있으니 자연스럽게 누드모델을 찾게 된 것이다.

의학은 사람의 몸을 직접 칼로 가르고 만지는 분야이기 때문에 누드모델을 찾는 경우가 의외로 많다. 국내의 유명 의학서적에 실린 인체 지도는 우리 협회 소속 남자 모델의 몸을 거의 그대로 그려 넣은 것이다. 컴퓨터로 아무리 공을 들여도 실사가 지닌 정교함을 따라갈 수는 없다.

간호학과 학생들의 주사 실습에 동원되는 둔부 모양의 실리콘 모형은 '내 엉덩이'가 모델이다. 모형을 너무 크게 만들면 재료비가 과해지니, 한국인 평균 체형의 누드모델인 내게 의뢰가 들어온 것이다.

때로는 살아있는 '환자' 역할에 누드모델이 동원되기도 한다. 의대 수업 중에 초음파 기구를 실습하는 경우가 있다. 초음파 기구를 이용해 부정맥, 유방암, 갑상선 등을 검사하려면 누군가는 옷을 벗고 '환자' 역할을 담당하는데, 이를 누드모델이 한다. 이처럼 인체모델이 필요한 거의 모든 일에 누드모델이 존재한다고 보면 된다.

이 밖에도 누드모델은 책에 들어가는 삽화나 인체 사진, 심지어 홈쇼핑 속옷모델로도 등장한다. 국내 홈쇼핑 역사상 최초로 여성 란제리쇼를 기획한 사람이 무려 나, 하영은이다.

1994년 설립된 GS홈쇼핑은 이듬해에 채널 홍보와 마케팅을 위해, 국내 최초로 여성 속옷을 방송에서 팔겠다는 파격적인 기획을 내세웠다. 이때 좀 더 역동적으로 제품을 홍보하기 위해 누드모델인 내게 방송 출연을 제안한 것이다.

오늘날에는 속옷모델이 많지만, 당시만 해도 여성이 속옷만 입고 방송에 출연한다는 건 꽤 이례적인 일이었다. 누드모델 중에서도 속옷모델을 하겠다는 이가 없었다.

내가 우리 협회 모델들을 거듭 설득한 뒤에야 쇼를 론칭할 수 있었다. 가면이나 부채 같은 소품은 제품을 돋보이게 하는 소재이기도 했지만, 그보다는 모델의 얼굴을 가리는 용도로 훨씬 유용했다.

그렇게 첫 홈쇼핑 란제리쇼를 시작하고 10년 가까이 란제리쇼 방송 기획을 도맡았다. 매주 어떤 콘셉트로 쇼를 구성해야 하고, 어떻게 해야 매력적으로 쇼를 구현해낼 수 있을지 숱한 고민과 회의를 거듭했다. 동대문에서 직접 소재를 구입해 소품을 만드는 일도 마다하지 않던 시절이었다.

누드모델을 하다가 어쩌다 쇼 기획자로까지. 돌이켜 생각해봐도 참으로 예측 불가한 인생이다.

몸에 새겨진 나이테를 똑바로 바라보라

오늘도 당신은 '누드'인 상태로 하루를 시작하지 않았는가.

웬 황당한 이야기냐고 화들짝 놀라거나 나와는 전혀 상관없다고 어리둥절해하려나. 대부분 누드는 아예 다른 세상의 이야기라고 생각할 것이다. 하지만 누드는 우리 일상과 굉장히 밀접한 연관이 있다.

매일 아침 옷을 갈아입을 때마다, 혹은 샤워를 할 때마다 우리는 거울을 통해 자신의 누드를 확인한다. 짧게라도 시간적으로 여유가 있다면 세세하게 자신의 몸을 훑으면서 이런 질문을 스스로에게 던졌을 것이다.

'내 가슴은 이렇고, 엉덩이는 이렇게 생겼지. 다리는 좀 봐줄만해. 이 정도면 나쁘지 않아.' 대부분의 사람들은 이렇게 피상적인 이미지로만 자신의 몸을 알고 있다.

누드모델을 하기 전에는 나 역시 그 정도로만 내 몸을 인식하고 있었다. 어릴 때는 제법 살집이 있어 '날씬해지고 싶다'는 평범한 바람이 있는 정도였다. 그런 내가 누드모델이 되고 나니, 내 몸을 구석구석 찬찬히 살피게 되었다.

자신의 몸을 정면으로 인식한 적이 있는가. 우리 신체의 각 부위를 자세히 뜯어보면 대단히 신비롭고 다채롭다.

프랑스 작가 다니엘 페나크Daniel Pennac의 소설《몸의 일기》는 한 남자가 12세부터 세상을 떠나기 전인 88세까지 기록한 일기 형식으로 되어있다.

배설, 성장통, 질병, 성, 노화, 죽음은 물론 양치질의 귀찮음, 가려운 곳을 긁는 즐거움처럼 남에게 쉽게 털어놓지 못하거나 스스로도 미처 인지하지 못했던 몸의 변화와 개인적 경험들이 적나라하게 쓰인 이 소설을 읽으며 크게 공감한 부분이 있다.

주인공은 열세 살 생일이 지난 지 얼마 되지 않은 어느 날, 옷장 속 거울을 통해 자신의 나체를 본다.

"해냈다! 해냈다! 옷장에 덮어씌워 놓았던 천을 벗겨내고 거울에 비친 내 모습을 봤다. (중략) 난 천을 벗겨내고, 주먹을 꽉 쥐고, 숨을 크게 한 번 내쉬고, 눈을 뜨고, 내 모습을 봤다! 내 모습을 봤다! 생전 처음으로 날 보는 것 같았다. 한참 동안 거울 앞에 서 있었다. 거울에 있는 건 진짜 내가 아니었다. 그건 내 몸이지 내가 아니었다. 그건 친구라고 할 수도 없을 만큼 낯설었다. 난 계속 물었다. 네가 나니? 네가 나라고? 내가 넌가? 이게 우린가?"

— 다니엘 페나크 저, 조현실 역, 《몸의 일기》, 문학과지성사, 2017

'누드'라고 하면 대부분의 사람들은 자신과는 전혀 상관없는 별개의 영역이라고 생각한다. 그러나 우리는 매일 샤워를 하면서도 자신의 몸을 보고, 만지고, 확인하지 않는가.

난 주변 사람들에게 살면서 한번쯤은 자신의 몸을 정면으로, 제대로 마주하라고 말한다. 의식이 없는 상태로 몸에 밴 오랜 습관에 따라 손으로 대충 몸을 훑는 것이 아니라, 또박또박 내 몸 부위 하나하나를 살펴보라고 말이다.

내 몸의 생김새를 유심히 관찰하는 것은 '내 몸과 마주하기'의 좋은 시작이다. 우리는 결코 우리의 몸을 제대로 알지 못한다.

'내 가슴은 작고, 엉덩이는 볼록하고 다리는 좀 봐줄 만해'

처럼 피상적인 이미지로는 부족하다. 객관적인 시선으로 몸을 바라보면 똑같아 보이던 좌우 가슴도 제각각 모양이 다르고, 양쪽의 팔과 다리의 길이도 미세하게 차이가 난다는 걸 알 수 있다.

왼쪽 허리보다 오른쪽 허리가 더 잘록하게 들어갔다거나, 양어깨의 높이가 다르다는 것도, 눈동자의 색이 미세하게 다르다는 것까지도.

《몸의 일기》속 주인공의 아버지는 주인공에게 이렇게 말한다. "모든 사물은 무엇보다도 먼저 관심의 대상"이라고.

'물질세계에 있는 모든 구체적이며 개별적인 존재'라는 사물의 사전적 정의를 비추어 보더라도 '몸'은 나와 가장 가까운, 나를 대변해주는 사물이다. 그러니 내 몸은 가장 정성스럽게 관심을 쏟아야 할 나만의 사물이라 할 수 있다.

몸의 변화와 반응을 전 생애에 걸쳐 기록함으로써 자신의 존재를 확인했던 소설 속 주인공처럼, 내 몸을 똑바로 바라보자. 존재의 의미는 '사유'가 아니라 '실체'에 있다.

"모델을 정면으로 볼 자신이 없어요."

누드모델들이 단순히 '예쁜 포즈'만 주야장천 연습한다고 생각하면 오산이다. 모델이라면 기본적으로 갖춰야 하는 몸의 자세와 움직임이 있다. 어깨는 젖히고, 가슴은 내리며 허리에 굴곡을 줘 아름다운 몸의 형태를 만들어내는 자세 등이 대표적이다.

소위 '짝다리 자세'로 불리는 스탠딩 자세를 취할 때도 나름의 규칙이 있다. 양발은 어깨너비로 벌리고 양손은 허리춤에 올린 다음, 한쪽 다리에만 힘을 실어 몸을 지탱한다.

나머지 한쪽 다리에 힘이 빠지면서 힘을 준 다리의 골반이 옆으로 빠지는데, 그러면 자연스럽게 S자로 몸의 굴곡이 만들어진다. 이때 발끝은 자기 엄지발가락 너비만큼 각도를 살짝 밖으로 향하게 한다.

간단한 동작 같지만 실제로 한쪽 다리에 실리는 무게가 엄청 나다. 그렇기 때문에 웬만한 체력과 근력이 아니고서는 장시간 자세를 유지하기 힘들다. 오랜 시간 버틸 수 있는 무게중심점을 잘 찾아야 한다.

여기에 조명과 빛, 그림의 경우 작가의 시선, 사진의 경우 앵 글 높이에 따라 몸이 어떻게 반사각 또는 시야에 비치는지 '계 산'해야 한다.

몸의 라인이 가장 선명하게 잘 보일 수 있는 방향을 향해 몸 을 틀고, 그림자가 떨어지는 각도와 범위를 계산해 얼굴은 적절 히 가려지도록 해야 한다.

이 모든 과정에 수학적 공식이 따로 있는 것은 아니다. 단지 오랜 경험에 의해 내 몸이 본능적으로 반응하는 것일 뿐이다. 반 복과 연습을 통해 몸에 익히는 수밖에 없다. 마치 운동선수들처 럼 말이다.

그림과 사진의 차이도 크다. 사진은 셔터가 한번 눌리면 그 것으로 끝이기 때문에, 완벽한 라인을 구현하는 것이 모델의 숙 제다. 목주름 하나도 작품에 영향을 끼치기 때문에 아주 미세한 자세의 흐트러짐이나 살 접힘도 용납하지 않는다.

지금은 디지털카메라가 일상화되어서 예전처럼 모델에게 엄격한 요구를 하지는 않지만, 그럼에도 불구하고 사진 작업은 흠결 없는 완전한 피사체가 되어야 한다는 부담감이 훨씬 크다. 그래서 사진작가들은 더욱이 모델의 외모와 포즈에 신경을 많이 쓴다.

　나는 그런 조건에 부합하는 모델 중 한 명이었다. 야외 촬영인지 실내 촬영인지, 조명이나 자연 채광의 위치가 어디인지에 따라 알아서 포즈를 취하니, 작가들은 본인이 원하는 느낌의 앵글을 찾아서 셔터만 누르면 됐다.

　사진가의 성향에 따라 보다 콘셉추얼한 촬영이 진행되기도 한다. 사진가가 '이 느낌' 하면 내가 '아, 그 느낌!' 하면서 사진가의 의도를 센스 있게 알아듣고 곧바로 연출하는 재능도 제법 인정받았다.

　그렇지 않은 모델이라면 원하는 고개의 각도만 잡는 데에만 수십 분이 걸리기도 하니, 한때 사진 모델은 '무조건 하영은'만 찾는 작가들도 적지 않았다.

　그에 반해 그림은 완벽한 라인보다는 퍼포먼스 위주의 작업이라 할 수 있다. 포즈도 훨씬 다양하고 자유로운 편이다.

유화, 크로키, 조소, 조각, 애니메이션, 패션 등 그림 분야에 따라 원하는 그림이 다르기 때문에 그에 맞춰 포즈를 취하는 것도 모델의 몫이다.

크로키의 경우 모델이 역동적인 포즈를 취함으로써, 그리는 사람이 사물의 움직임과 형태를 빠르게 캐치하도록 도와준다. 유화나 조소 및 조각은 좀 더 아티스틱한 포즈를 취해 작가에게 예술적 영감을 불어넣는 역할을 하기도 한다.

패션 일러스트 작업의 기초 단계로 진행하는 누드 크로키의 경우 거의 서있는 포즈만 취한다. 이때는 골반을 드라마틱하게 빼, 의상 디자인의 기본 뼈대를 만들 수 있도록 한다.

대학의 패션학과에서도 누드모델에 대한 수요가 높다. 인체 분할을 제대로 알아야 옷을 만들 수 있기에 인체 드로잉 수업에서 누드 스케치는 빼놓을 수 없다. 패션모델은 한 동작을 오래 유지하는 것이 익숙하지 않기 때문에 인체 드로잉 수업은 누드 모델이 담당한다.

덕분에 대학이 개강하는 3월을 앞두고는 우리 협회도 바빠진다. 각 대학마다 한 학기 수업 내내 출강하는 모델을 정해야 하기 때문이다.

간혹 초보 모델이 갈 경우 내가 동행하기도 한다. 학생들에게 누드모델을 대하는 기본적인 예의와 태도에 대해 설명하고, 때때로 모델의 포즈를 봐주기도 한다.

석고상이나 그림을 보고 숱하게 누드를 그리던 학생들이 실제 누드모델 앞에선 좀처럼 그림을 그리지 못한다. 아예 그림을 못 그리겠다며 나가는 경우도 종종 있다.

학생을 뒤따라 나가서 그 이유를 물으니, "도저히 모델을 정면으로 응시할 자신이 없어요. 그림을 못 그리겠어요"라며 내 앞에서 울먹였다. 그만큼 사람의 나체가 뿜는 에너지는 그야말로 대단하다.

학생의 마음속에서 일어난 혼란의 소용돌이를 내가 온전히 짐작할 수는 없지만, 그 당혹감이 무엇인지는 충분히 공감할 수 있었다.

순간 한탄강에서 서럽게 울던 스물두 살의 내가 떠올랐다. 벗고 서는 것도, 벗은 사람을 바라보는 것도 처음은 결코 쉽지 않다. 누군가의 나체를 마주한다는 건, 어쩌면 실오라기 하나 걸치지 않은 나 자신을 마주하는 것과 같은 일일지도 모른다. 그런 의미에서 누드는 스스로를 마주하는 좋은 시작점이 되기도 한다.

예술가와의 즐겁고 짜릿한 소통의 경험이야말로
누드모델이 직업적으로 누릴 수 있는 최고의 희열이다.

누드모델들은 마치 운동선수처럼
몸의 라인이 가장 잘 드러나는 자세를
반복하며 몸에 익혀야만 한다.

"누드모델 일을 한다는 것"

: 누군가에게 읽히는 몸

Part 2

숨소리까지 맞추는 일

지금껏 셀 수 없을 만큼 수많은 작가들 앞에 섰다.

기억나지 않는 몇 번의 작업들은, 어쩌면 기계적인 포즈와 무조건 반사처럼 취하는 동작들로 시간을 채웠을지도 모른다. 하지만 거의 모든 작업에서 내가 할 수 있는 최대한의 몰입과 연기를 선보이려고 노력한다.

오십이 넘은 누드모델 하영은을 여전히 많은 작가들이 찾는 이유 또한 이 때문이 아닐까 싶다.

모델의 숙명이랄까. 나는 특정 작업을 오래 기억하고 추억하는 것보다 흘려보내는 것에 익숙하다. 작품 속 주인공은 분명 나지만 그 사진과 그림은 작가의 것이기 때문이다.

작업할 당시에는 모델이 대체 불가한 에너지로 작업 전체를 리드했더라도, 결국 예술가의 영감과 스킬을 통해 작품이 구현되기 때문이다.

모델은 결코 그 작품의 '주인'이 될 수는 없다. 작가들이 나를 통해 작품을 남길 때, 나는 작품 대신 작가들의 일하는 모습을 기억 속에 짧게 저장할 뿐이다.

그럼에도 불구하고 유독 기억에 남는 작가가 있는데, 구족화가 임성우 씨가 그중 한 명이다. 구족화가는 신체장애로 손을 쓰지 못하고, 입이나 발가락으로 그림을 그리는 작가를 말한다.

임성우 작가는 태어나고 돌이 되기 전 뇌성마비에 걸려 두 손을 쓸 수 없게 되었고, 발가락으로 작품을 그리고 있다.

유화로 사람과 동물을 주로 그리는 그의 작업실에는 다양한 형태의 크고 작은 작품들이 빼곡히 들어서있었다. 신체 건강한 작가들도 작품을 하나씩 마무리할 때마다 온몸의 에너지가 소진되기에, 부지런히 작품 활동에 매진해도 물리적인 한계가 있다. 하지만 그는 불편한 몸을 이끌고도 쉴 새 없이 그림만 그리는 것 같았다.

그날도 나는 여느 때처럼 영감에 따라 능숙하게 포즈를 취했다. 임성우 작가는 나를 잠시 응시하는가 싶더니 이내 숨을 한 번 고른 후에 스케치를 시작했다.

몸을 자신의 의지대로 움직일 수 없는 그는 그림을 그릴 때마다 숨을 참았다. 그가 숨을 참을 때마다 마치 시간이 멈춘 것처럼 주변은 고요해졌다. 작업실에는 화폭 위에서 붓이 이리저리 오가는 소리만 들릴 뿐이었다.

이상하게도 그가 숨을 멈출 때마다 나도 따라 숨을 멈추고 있었다. 작가와 호흡을 완벽하게 맞춰야 한다는 본능적인 반응이었으리라.

흔히들 모델과 작가는 호흡을 맞추는 관계라고 하며, 나 역시 그래야 한다고 믿었다. 그러나 이렇게 완벽하게 '호흡'을 맞춘 건 처음이었다.

같은 자세로 두 시간, 세 시간 같은 포즈를 유지하는 것에 이미 익숙했지만, 호흡까지 통제하는 것은 새로운 경험이었다. 놀랍게도 그 시간만큼은 평소보다 몰입도도 높았다.

발가락 사이에 끼운 붓이 부지런히 움직일수록 작가의 얼굴은 벌겋게 달아오르고, 땀도 송골송골 맺혔다. 내 마음속에는 그가 조금이라도 더 좋은 작품을 그릴 수 있도록 일조하고 싶다는 열망이 솟구쳤다.

쭉 뻗은 손가락 마디 하나하나에 그 마음을 전달하려고 애썼다. 하나의 작품을 완성하기 위해 숨 쉬는 타이밍까지 맞춘 그날 우리 둘의 호흡은 더할 나위 없었다.

그는 나를 모델로 한 작품의 전시를 마친 뒤에 그 작품을 내게 선물로 줬다. 내가 느낀 것을 그도 분명 느꼈을 터다.

그림을 그리는 내내 우리는 서로 말 한마디 주고받지 않았지만, 몸 대 몸으로 완벽한 대화를 나눴다.

교감의 도구로서 몸은 부족함이 없는 매개체다. 말이 안 되면 눈빛으로, 손가락의 움직임으로, 호흡으로 상대에게 내 생각을 전달할 수 있다.

작품의 모델이 된 내 몸과 그림을 그리는 그의 붓끝은 두 시간 동안 완전한 대화를 나눴다. 그 즐겁고 짜릿한 소통의 경험이야말로 누드모델이 직업적으로 누릴 수 있는 최고의 희열 아닐까.

누드모델은 내 몸을 노출하는 일이다 보니
'몸가짐'을 조심해야 한다는 것이 나의 철칙이다.

이것만은 지켜주십시오

누드모델들의 활동은 개인적으로 이뤄지는 경우가 많다. 누드모델을 관리하는 이렇다 할 중앙조직이 없다 보니, 알음알음 네트워크를 형성하며 작업 의뢰를 받는다.

그에 비하면 한국누드모델협회는 어엿한 정관(사단법인의 조직 활동 범위를 정하는 근본 규칙)과 관리 규약을 지키는, 제법 공신력 있는 기관이다. 대학 출강이나 기타 여러 작업의 의뢰가 대부분 우리 협회 쪽으로 들어오는 이유도 이 때문이다.

현재 우리 협회에 소속된 모델은 대략 500여 명이다. 그중에서 직장을 다니면서 모델 일를 겸업으로 삼는 이들을 제외하고, 왕성하게 활동하는 전문 누드모델은 약 100여 명 정도다.

그들에게 난 때때로 사소한 것에도 간섭하고 참견하는 잔소리꾼 내지는 사감선생님으로 통한다.

내가 모델들의 작업 현장에 일일이 동행할 수 없기 때문에 평소에도 틈날 때마다 '누드모델이 지켜야 하는 규칙'을 강조한다.

어떤 순간에도 방심하지 않고 흐트러지지 않기를 바라는 마음에서다. 누드모델이 현장에서 지켜야 하는 규칙 중에서 가장 강조하는 사항은 다음과 같다.

: 대기 중에는 반드시 가운이나 옷을 입고, 작업 외 시간에는 절대 나체를 노출하지 말 것
: 작가, 학생 등 작업자와는 가급적 대화를 금하고 개인적 친분을 쌓지 말 것
: 커피를 함께 마시는 등 사소하게라도 사적인 자리나 대화는 금할 것

내 몸을 노출하는 일이다 보니 '몸가짐'을 조심해야 한다는 것이 나의 철칙이다. 공과 사의 경계가 조금이라도 무너지게 되면, 누드모델로서의 자존감을 지킬 수 없는 순간들이 반드시

오게 된다.

상대는 순수한 의도로 "고생하셨으니 밥이나 한 끼 하고 가세요", "차 한잔하세요" 하며 호의를 베풀지만, 자연스러운 시작이 불편하게 끝나는 경우를 너무도 많이 봤다.

그런 일이 한두 번 발생하면 누드모델에 대한 안 좋은 편견이 쌓이고, 이는 악순환이 되어 자신에게 되돌아온다.

상대에게 동등한 동료로서 대우받느냐 아니냐는 나의 말 한마디, 태도 하나에서 판가름 난다. 다소 엄격한 내 태도에 거부감을 느끼는 사람들도 결국 '잘하는 누드모델'을 찾기 위해 다시 연락을 한다.

모든 직업인이 마찬가지일 것이다. 나를 지켜주는 건 일에 대한 자신의 신념과 태도 그리고 능력이다.

모델들이 지켜야 하는 수칙이 있다면, 작업 의뢰인들이 지켜야 하는 수칙들도 있다.

: 작업 공간은 반드시 24도 이상으로 따뜻하게 하고, 별도로 난방 기구를 구비해줄 것

: 모델에게 가벼운 대화나 사적인 대화를 시도하지 않을 것

: 모델을 만지지 말 것

이 밖에도 여러 요구사항이 있지만 가장 중요한 규칙들을 꼽자면 이 정도다.

아무리 여름이라도 옷을 입지 않으면 체온이 떨어진다. 체온이 떨어지면 모델의 몸이 경직되며, 이는 장시간 같은 자세를 유지하는 모델에게는 매우 무리가 된다.

온도는 모델의 건강과 직결되는 문제이기 때문에 작업 공간 컨디션을 체크할 때 가장 중요해야 하는 부분이다.

이와 관련해서 무척 속상한 일화가 있다.

어느 무더운 여름날, 우리 협회 모델이 한 백화점 문화센터 누드 크로키 수업에 출강했을 때의 일이다. 수강생들이 "날씨가 덥다"며 에어컨을 튼 것이다. 온도 조절을 여러 차례 요구했음에도 불구하고, 수강생의 편의를 우선시하는 분위기 때문에 누드모델이 모든 불편을 감수해야 했다.

모델에 대한 최소한의 환경과 예의도 갖추지 않고서 '예술'을 논할 수 있을까. 누드모델이 존중받으면서 작업할 때, 그 결과물도 분명 만족스럽게 나올 것이다.

나의 몸은 예술가를 통해 읽힌다. 이번 작업은 어떻게 읽힐까.
그리고 관객들은 그걸 어떻게 읽을까.

누군가의 뮤즈가 된다는 것

같은 몸이라도 보는 시각에 따라 어떻게 다양하게 해석될 수 있는지를 확인하고 싶다면, 파블로 피카소Pablo Picasso의 작품을 보면 된다.

20세기 미술사에서 빼놓을 수 없는 천재적인 화가 피카소는 입체주의 미술양식의 창시자로 알려져있다. 그의 작품은 독창성, 해학, 기교, 양식과 매체의 변주 등의 말로 흔히 평가되는데, 누드도 마찬가지였다.

특히 내가 인상적으로 본 작품은 피카소가 87세 되던 해에 그린 〈목걸이를 한 여성의 누드Nude Woman with Necklace〉다. 이 작품은 복잡하고 미묘한 사람 몸의 형태를 투박한 선으로 간소화

Villains of Disney

디즈니 악당들

사악한 여왕 · 저주받은 야수 · 버림받은 마녀 · **말레피센트** · 가짜 엄마

디즈니 본격 빌런 시리즈

출간 즉시 영화화 확정!
곧 영화로 만나게 될 소설

"범인은 이미 정해져 있었다. 그가 등장하기 전까지는…"

한 노숙자가 저지른 여고생 살인 사건을 중심으로 출세욕에 가득 찬 검사, 어설프지만 강단 있는 국선변호인, 마지막 일곱 번째 배심원으로 합류한 62세 무직의 남자가 벌이는 반전에 반전을 거듭하는 이야기.

일곱 번째 배심원 | 윤홍기 지음

"1년 전 오늘, 넌 뭘 봤지?"

현직 검사가 쓴 소설. 심신 미약 감형 문제, 소시오패스 범죄 등 묵직한 주제를 흡입력 있는 문체로 풀어낸다. 사회를 분노로 들끓게 한 13세 초등학생 살인 사건을 중심으로 검사와 피고인, 대중과 권력자들의 이야기를 실감나게 그렸다.

암흑검사 1, 2 | 초연 지음

"아버지가 집으로 돌아왔다. 다시 살인이 시작됐다."

조용한 시골 마을이 유일하게 북적이는 축제 기간, 엄마를 죽이고 십 년 만에 출소한 아버지가 돌아온다. 바로 그날 밤, 마을에서 시체가 발견되는데…. 단 5일, 범인의 정체를 밝히는 밤이 이어진다.

살인자에게 | 김선미 지음

"우리는 언젠가 반드시 만나."

불운의 사고로 서로에 대한 기억을 잃은 엘사와 안나,
과연 두 사람은 다시 만날 수 있을까!

교보문고
베스트셀러

겨울왕국 또 하나의 이야기

젠 캘로니타 지음 | 성세희 옮김

"역경을 이겨내고 핀 꽃이
가장 아름답다."

아버지를 대신해 남장 병사가 된 뮬란,
전사의 심장을 가진 뮬란의 새로운 여정!

뮬란 새로운 여정

엘리자베스 림 지음
성세희 옮김

디즈니의 악당들

전 세계 아이들이 사랑하고, 어른이 되어서도 잊지 못하는 디즈니 클래식.
우리가 사랑한 주인공 뒤에는 매력적인 악당들이 있었다! 악당들이 주인공이 되어
그 어디에서도 공개되지 않았던 그들만의 이야기를 시작한다.

"거울아, 거울아,
이 세상에서 누가 제일 예쁘니?"

집착과 질투의 비극의 캐릭터, '백설공주와 일곱 난쟁이' 속
사악한 왕비. 왜 그녀는 딸에게 독이 든 사과를 먹일 수밖에
없었나! 숨겨졌던 왕비의 프리퀄이 공개된다.

사악한 여왕 | 세레나 발렌티노 지음 · 주정자 옮김

"진정한 사랑만이
저주를 풀어줄 것이다."

자만과 오만의 외로운 캐릭터, '미녀와 야수' 속 저주받은
야수. 준수한 외모에 자신감 넘치던 야수는 어떤 사건으로
인해 흉측한 야수로 변해가는데…. 변해가는 야수의 내면
을 섬세하게 그려낸다.

저주받은 야수 | 세레나 발렌티노 지음 · 석가원 옮김

해 기하학적 형태와 구조를 완성했다. 여기에 예측 불가능한 과 감한 색채를 덧입힌, 추상적인 형태의 누드 작품이다.

근대에 들어 누드화가 하나의 장르로 확립되면서, 작가들은 인간 신체를 그대로 묘사하는 데 그치지 않고 자신만의 새로운 시각으로 창조해냈다. 입체파나 표현주의 작가들이 대거 등장 하면서 이런 분위기는 더더욱 고조됐는데, 피카소는 그 정점에 있다.

피카소가 그린 누드화 속 여인의 몸은 형태, 생김새, 위치, 비 율까지 모두 심하게 왜곡되어있다. 각 신체 부위의 특징은 간결 하게 또는 극단적으로 묘사된다. 평론가들은 이런 피카소의 그 림을 두고 인간에게 숨겨진 야수성과 관음적 욕망을 적나라하 게 표현한 것이라고 말한다.

이 기하학적인 누드를 들여다보고 있으면 내가 그동안 추구 했던 인간의 몸, 그리고 그 안에 담긴 아름다움은 진정 어떤 모 습이었는지 되묻게 된다.

피카소의 누드가 왜곡을 통해 인간의 야수성과 관음의 욕망 을 비판적으로 그려냈다면, 보기만 해도 마음이 따뜻해지는 누드 작품도 있다.

근대조각의 시조로 알려진 오귀스트 로댕Auguste Rodin의 〈키스The Kiss〉가 바로 그것이다. 이 작품은 사랑하는 남녀가 알몸을 한 채 애틋한 키스를 나누는 찰나의 모습을 불멸의 예술로 박제시켰다. 로댕의 조각은 사랑으로 충만한 육신의 아름다움을 고스란히 보여준다.

이들뿐만 아니라 앙리 마티스Henri Matisse, 오귀스트 르누아르, 에드가 드가 등 인상주의 거장들은 물론 데이비드 호크니David Hockney, 프랜시스 베이컨Francis Bacon 등 현대미술의 대표 화가들도 저마다의 색채로 누드 회화와 조각, 드로잉, 사진을 선보였다.

그 공간에 함께 있었을 수많은 누드모델들도 머릿속에 그려본다. 그때의 공기는 어땠을까.

모델은 작가와 어떤 대화를 나눴고, 어떤 생각을 하며, 어떤 호흡으로, 어떤 포즈를 취했을까.

몇십 년 후, 또 다른 누드모델이 그 작품을 보면서 이런 상상을 할 것이라고는 생각도 못 했으리라.

인터넷이나 작품집을 통해 이 작가들의 작품을 보면서 언제부턴가 해소되지 않는 갈증을 종종 느낀다. 모니터와 지면에 가려져, 여기까지는 전달되지 않는 원화의 힘을 경험해보고 싶어서다.

예술가의 뮤즈가 된다는 건, 아마 모든 모델의 꿈이 아닐까.

거장의 작품들을 틈날 때마다 하나, 하나 곱씹어보면서 오늘도 난 상상한다. 예순, 일흔이 되어서도 캔버스 앞에서 누군가의 뮤즈일 '누드모델 하영은'을 꿈꾸면서 말이다.

평범함을 관리하고 있습니다

모델은 활동 분야에 따라 크게 패션모델과 광고모델, 그리고 예술모델로 구분된다.

패션모델은 디자이너의 창작물인 옷이나 장신구를 몸에 걸쳐 대중 앞에 선보임으로써 그 창작물의 의도, 기능, 매력을 최대한 돋보이도록 표현하는 역할을 담당한다.

광고모델도 성격은 비슷하다. 특정 브랜드나 업체와 계약을 맺은 모델이 다양한 광고물 안에서 극대화된 언어와 제스처, 표정 등을 통해 대중의 상품 구매욕구를 자극한다.

모델이 어필하는 것이 상품의 디자인이든 기능성이든 또는 이미지든, 모델은 자신과 상품 사이의 적당한 균형을 유지하면서 해당 상품을 광고한다.

한편 예술모델은 패션모델이나 광고모델과는 결이 다소 다르다. 예술모델은 직접적으로 대중 앞에 나서기보다는 화가나 사진가, 조각가 등의 작품 활동 대상이 된다. 순수예술의 창작에 빠질 수 없는 존재다.

누드모델은 예술모델에 속한다. 그런데 이에 대한 이해가 부족한 이들이 있다. 누드모델에게는 '벗는 용기' 하나만으로 충분하다고 생각하는 것이다.

큰 키와 매끈하고 드라마틱한 보디라인을 바탕으로 한 풍부한 표정, 몸짓으로 얼마나 다양하고 세련된 무드를 뿜어낼 수 있는가가 탁월한 패션·광고 모델의 기준이라면, 누드모델에게도 그런 기준이 있다.

허리에서 엉덩이로 넘어가는 몸의 곡선을 아름답게 구현해 낼 수 있는가, 창작자의 의도를 충분히 이해하는가, 햇볕과 조명의 방향에 따라 자세의 각도를 미세하게 조정할 수 있는가, 한 동작을 장시간 유지할 수 있는 탄탄한 근력과 체력, 지구력을 갖췄는가 등이 훌륭한 누드모델을 선별하는 기준이 된다.

어느 직업이나 그렇듯이 이런 능력은 본래부터 타고나는 것이 아니며, 후천적인 노력을 요한다. 앞서 언급한 기준 중에 허리에서 엉덩이로 넘어가는 몸의 S자 곡선까지도 그렇다.

개인적으로 내 몸에서 가장 마음에 드는 신체 부위는 허리에서 엉덩이, 뒷허벅지까지 떨어지는 굴곡이다. 군더더기 없는 S자를 그리고 있다.

끊임없는 관리가 있어야만 유지할 수 있는 S자 곡선이기에 더욱 가꾸게 되고, 그럴수록 애정도 깊어진다.

나는 다양한 운동을 통해 몸이 예술적으로 가장 아름답고, 체력적으로 가장 효율적인 움직임을 찾아왔다. 발레, 줌바, 아크로바틱, 체조, 복싱, 요가, 탱고, 필라테스 등 안 해본 운동이 없다.

운동마다 몸을 쓰는 방식이 조금씩 다르고, 쓰이는 근육도 미세하게 다르다. 이를 누드모델 작업을 할 때 유용하게 적용할 수 있다.

이 직업을 계속하는 이상, 이러한 노력들은 현재진행형이다.

누드모델을 시작한 이래 꾸준히 유지하고 있는 나의 신체사이즈는 키 165센티미터, 몸무게는 45킬로그램이다. 내 신체사이즈를 듣고는 "모델치고는 키가 그렇게 크지 않네요?"라고 말하는 이들이 있다.

그렇다. 여성 모델을 떠올리면 당연히 170센티미터가 훌쩍 넘을 거라고 생각할 테지만, 그에 비하면 내 키는 우리나라 성인 여성의 표준에 보다 가까운 편이다.

일반적인 모델이었다면 단점이었을 이 키가 누드모델을 하는 나에게는 최대 강점이기도 하다.

디자이너가 새로운 의상을 디자인 할 때, 그 옷의 기본 스케치에는 패션모델의 몸이 아니라 누드모델인 내 몸이 쓰인다. 그 옷을 입는 대부분의 사람들은 패션모델처럼 그렇게 키가 크지는 않을 것이기 때문이다.

의료용 인체모형 제작에도 '보통의 한국인인 내 몸'은 엄청난 장점이다. 모델의 체구가 너무 작으면 일반적으로 아름답다고 생각하는 신체 비율이 나오기가 어렵고, 모델의 체구가 너무 크면 재료비가 많이 들기 때문이다.

국내에서 쓰이는 의료용 인체모형의 대다수는 내 몸을 본뜬 것으로 의대, 간호대의 실습수업에 요긴하게 쓰이고 있다. 모형물 팔뚝이나 엉덩이에 주삿바늘을 꽂는다든지, 모형물 복부의 찢어진 부위를 꿰맨다든지 말이다.

성형외과에서 '한국인에게 어울리는 가장 이상적인 가슴 크기'라고 추천하는 가슴 모형 또한 내 가슴이다. 오죽하면 주변에서 우스갯소리로 "대한민국 의료기술 발전에 하영은이 큰 공을 세웠다"라고 말할 정도이다.

그래서 누군가가 내 신체 사이즈에 대해 "모델치고는 평범하네요"라고 말하면 이렇게 답한다. "그 평범함을 유지하는 것이 가장 어려운 일이죠."

나보다 훨씬 젊고 아름다운 육체를 가진 누드모델도 많은데, 여전히 '모델 하영은'만을 고집하는 작가들이 있다.

내가 가진 표준성, 그리고 좀처럼 대체를 찾을 수 없는 나만의 연출과 연기, 철저한 자기관리가 바탕이 됐으리라.

그 기대에 부응하기 위해 오늘도 나는 열심히 평범함을 '관리' 중이다.

다른 직업에 비해 스스로 내 몸을 아끼고, 사랑하고,
자랑스럽게 여기게 된 건 누드모델 직업이 준 최고의 선물이다.

보잘것없어 보이는 인생일지라도

살면서 누구나 한번쯤 영화에서나 있을 법한 반전을 꿈꾸지만, 아쉽게도 그런 기회는 누구에게나 주어지지는 않는다.

특히나 인생의 불꽃이 서서히 사그라들기 시작하는 노년에 접어들면 그럴 가능성은 너더욱 희박해진다.

그럼에도 불구하고 누군가는 도전을 하고, 누군가는 인생의 반전을 꿈꾼다. 종종 협회를 찾아오는 나이 든 모델 지망생들도 그중 하나다.

그는 60대 초반에 한국누드모델협회를 처음 찾아왔다. 모델 경험은 전무했다. 모델과 밀접한 직업을 가진 것도 아니었다. 글을 쓴다고 했다.

모델을 하는 데 있어서 현재 직업은 중요하지 않다. 나이도 제한이 없다. 우리 협회에는 실제로 60세 이상의 시니어 모델들이 제법 많이 활동하고 있다.

문제는 그의 몸 상태였다. 거두절미하고 그의 행색은 딱 노숙인 같았다.

입은 옷의 찌든 때와 깊게 밴 불쾌한 냄새, 한동안 제대로 씻지 않은 듯한 몸, 이곳을 찾아오는 모델치고 평범하지 않은 모습 이곳저곳이 눈에 들어왔다. 오랫동안 자신을 제대로 돌보지 않은 듯했다.

요즘 같은 100세 시대에, 60세는 사실 노인이라고 부르기에도 무색할 만큼 에너지와 의지가 충만한 나이다. 그러나 그에게는 중년의 활력이 전혀 느껴지지 않았다.

외양만 보면 80세 노인이라고 해도 믿을 만했다. 예정된 노화의 속도보다 몸이 더 빠르게 늙은 듯했다.

"이제와 지난 인생을 생각해보니 인생을 너무 잘못 살았어요. 겨우 이 몸뚱이 하나 건진 게 전부였습니다. 이 세상에서 몸 하나만 가지고도 할 수 있는 일을 찾다가 오게 됐습니다."

누드모델에 대해 한참 잘못 생각하고 온 게 분명했다. 하지만 그에게는 부인하기 힘든 모델로서의 매력이 있었다.

바로 자기만의 고집이 켜켜이 쌓인 그의 몸이다. 피폐하게 구겨진 주름과 좀처럼 욕구를 절제해본 적 없어 보이는 몸의 굴곡들은, 그 자체로 그의 삶과 이야기를 보여주고 있었다.

차분히 그가 살아온 과정을 들어봤다. 그는 평생을 알코올 의존증에 시달렸다고 한다. 술 때문에 귀하게 꾸린 가정을 돌보지 않았으며, 이에 자식들도 등 돌린 지 오래란다.

술을 끊어보려고 나름의 노력을 해봤지만 번번히 실패했고, 인생 마지막 도전이라는 심정으로 협회를 찾아온 것이다.

난 개성 넘치는 그의 몸이 모델로서 훌륭한 조건을 갖춘 것이라고 판단했다. 그를 시니어 모델로 투입했고, 그 뒤로 지금까지 5년째 누드모델로 활동하고 있다.

그의 몸은 여전히 투박하고 거칠다. 인위적인 시술을 통해 강제로 형태를 만들어놓은 성기 또한 우스꽝스럽다. 하지만 그는 사람들의 이런 시선에도 아랑곳하지 않았다. 자신의 몸을 있는 그대로 받아들이고 있었다.

가장 참기 힘든 건 고약한 냄새다. 아무리 씻어도 오랜 세월

몸에 새겨진 체취는 쉽게 사라지지 않았다.

내게는 어떤 냄새가 날까? 벌레나 곤충이 꼬이지 않도록 수십 년간 향이 없는 보디크림만 써왔기에 나만의 체취가 남아있을 터였다. 그를 볼 때면 문득 궁금해지곤 한다.

수년간 그를 교육했지만, 이미 터줏대감처럼 자리 잡은 몸의 관성과 생활습관들은 쉽게 바뀌지 않았다. 모델로서의 기본적인 룰과 규칙에도 하나도 맞지 않지 않았다. 그저 자기만의 방식대로 느끼고 표현하며 자유분방한 제스처를 선보였다.

남들이 자신을 어떻게 평가하든, 자기 몸을 보고 어떤 반응을 보이든, 그게 뭐 대수냐는 듯 자기가 해야 할 일을 할 뿐이다. 심지어 그 모습이 무척이나 자유롭고 행복해 보였다.

평생 하찮게 여기고, 소중하게 돌보지 않았던 자신의 몸이 가치 있게 빛나는 순간을 만끽하는 것일까.

그의 정제되지 않은 몸과 제스처는 함께 작업하는 이들에게 강한 인상을 남겼고, 이제는 그런 느낌을 줄 수 있는 유일한 모델로 자리매김했다. 이후로 난 시니어 모델들을 별도로 교육하지 않는다. 스스로의 개성과 스타일이 잘 드러날 수 있도록 독려하고 간단한 코칭만 해줄 뿐이다.

누군가의 인생, 그리고 그 삶을 고스란히 담고 있는 몸은 그 자체만으로 누군가에게 예술이 될 수 있다. 그게 비록 실패하고 보잘것없이 보이는 인생일지라도.

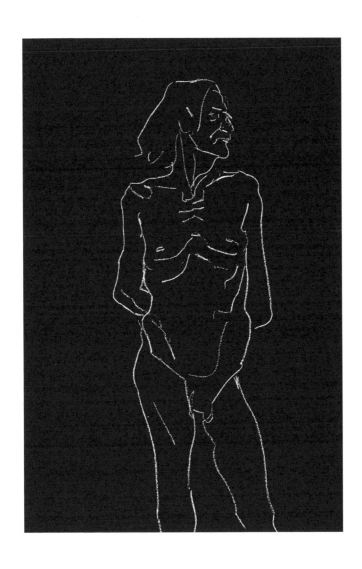

우리 협회에는 60대 이상의 시니어 모델들도 많이 있다.
그들의 몸은 자신의 인생을 그대로 담고 있다.

몸이 들려주는 이야기

예술은 아름다움만 추구할까. 누드는 아름답기만 한 걸까.

이에 반기를 드는 불편한 누드화가 있다. 현대 정신분석의 창시자인 지그문트 프로이트Sigmund Freud의 손자, 루치안 프로이트Lucian Freud의 누드화가 그렇다.

지그문트 프로이트는 무의식과 욕망, 히스테리와 콤플렉스 같은 개념을 통해 정신의학과 심리학뿐만 아니라 사회학, 사회심리학, 교육학, 발달심리학 등 여러 학문 분야에 큰 영향을 끼친 20세기의 대표적인 사상가이다.

그런 프로이트를 할아버지로 둔 화가 루치안 프로이트가 생애 줄곧 극사실주의에 기반한 그림을 그렸다는 것은 매우 흥미롭다.

루치안 프로이트는 독일 베를린에서 태어나, 히틀러의 나치를 피해 1939년 영국으로 귀화한 후, 본격적인 작품 활동을 시작했다.

1951년 발표한 〈패딩턴의 실내Interior at Paddington〉라는 작품이 브리튼페스티벌에서 수상작에 선정되며 세계적인 명성을 인정받기 시작했다. 인물화, 특히 극사실주의를 기반으로 한 그의 누드작품들은 내게 '예술로서의 누드는 무엇인가'라고 끊임없이 질문한다.

르네상스 시대부터 누드화는 무수히 쏟아졌으나, 대부분 몸의 아름다움에 초점이 맞춰졌다. 하지만 프로이트는 몸을 아름답게 묘사하지 않았다.

그저 있는 그대로, 보이는 그대로 적나라하게 표현할 뿐이었다. 벌거벗은 인간을 통해 인간의 동물적이고 본능적인 면을 드러낸다.

그는 자신의 작업 방식에 대해 "다른 사람이 작품에 원하는 것이 아니라 내가 지금 보고 있는 것 자체를 그린다"라고 설명했다.

2008년 뉴욕 크리스티경매에서 무려 3천360만 달러(한화 약 377억 원)에 낙찰된 〈베네피츠 슈퍼바이저 슬리핑Benefits Supervisor Sleeping〉은 당시 생존 화가 작품으로는 가장 비싼 경매가를 기록했다.

몸집이 큰 여인이 소파에 누워있는 모습을 그린 이 작품은 정면으로 마주하는 것조차 힘들 만큼 육체를 적나라하게 묘사하고 있는데, 인간의 복합성과 고독이 묘하게 어우러져 빨려들듯이 보게 되는 힘이 있다.

내가 그의 누드화만큼이나 좋아하는 것이 인물화다. 그는 작품을 완성하기까지 오랜 시간이 걸리는 것으로도 유명했는데, 보통 초상화 하나를 그리는 데만 서너 달이 걸렸다고 한다.

실제로 〈베네피츠 슈퍼바이저 슬리핑〉을 그릴 당시, 작품의 모델이 된 어느 직업소개소의 책임자 틸리를 4년 동안 수시로 만나 식사 등을 하며 관계를 유지해오다 작품을 그렸다는 일화가 전해진다.

지극히 사실주의적인 그림 한 편에서 어떻게 그 많은 감상들이 전해질 수 있었을까. 자신이 그리는 모델, 즉 피사체에 대한 치열한 고민과 관찰, 이해가 수반됐기 때문에 가능한 일이 아니었을까 생각해본다.

그런 이유로, 미화라고는 조금도 찾아볼 수 없는 그의 초상화는 묘한 매력이 있다.

근엄하게 포장된 천편일률적인 영국 왕실 초상화의 관행을 깨트리고 사실적으로 묘사한 영국 엘리자베스 2세의 초상화, 무표정한 얼굴로 서로 기대어있는 아버지와 딸이나, 다소 광기 어린 젊은 화가의 모습, 혹은 턱에 손을 괴고 속을 알 수 없는 무심한 시선을 던지는 자화상까지. 오롯이 그 인물들이 진짜 누구인지 보여주고 있다.

루치안 프로이트의 그림을 보다 보면 내 몸, 내 얼굴은 작가들에게 의해 어떻게 담기는지, 그리고 작품을 감상하는 이들에게는 어떤 생각을 불러일으킬지 궁금해진다.

작가들마다 다른 방식으로 표현되고, 그 작품을 보는 이들은 더욱 다채롭게 해석할 것임을 알기에, 매사 모든 작업들이 기대가 된다.

전직 기업 CEO의 도전

돌이켜보면 여태껏 정신없이 앞만 보며 달려왔다.

일이 내 인생의 중심이었다. 일 하나가 끝나면 곧바로 다음 일을 잡았다. 그 일이 끝나면 또 다른 일이 생겨서 그렇게 하루하루 일에만 몰두하며 지냈다.

모델로서는 몸과 컨디션 관리가 가장 중요하다는 생각에, 해외 출장을 가서도 예정된 작업 일정 외에는 숙소 밖으로 나가지 않았다.

혹시라도 낯선 곳을 다니다가 사고라도 나면 몸에 상처가 날지 모른다는 걱정에서다. 현지 음식도 그냥 먹었다가는 탈이 날지도 몰라 가려 먹었다.

그러다 보니 유럽이며 호주, 동남아시아 등 출장차 다닌 외국이 꽤 되지만, 정작 풍경 등 그 나라에 대해 기억나는 게 없다. 그 흔한 국내 여행도 거의 다니지 않았다.

'별일 없을 거야!' 하고 냅다 뛰어드는 낙천적인 성격이었다면 내 인생이 조금은 더 다채로웠을까.

어느 날 불쑥 누드모델협회를 찾아온 그는, 이런 나와 달리 거침없이 도전하고 성취해온 인생을 살고 있었다. 전직 자수성가한 중견기업의 CEO로, 각종 협회를 이끌고 이사장직을 거친 그가 다음 직함으로 누드모델을 선택하려는 것만 해도 그렇다.

왜 누드모델을 하려고 할까.

노년의 삶을 좀 더 다이내믹하게 즐겨볼 요량이라면, 선택지는 훨씬 다양했을 터다. 시니어 누드모델은 주로 페이가 가장 적은 작업에, 그것도 간간히 섭외된다.

체면 문화가 짙은 우리나라에서, 연이은 성공으로 자기 확신에 찬 70대 남성이 자신의 성기를 드러낸 채 모델을 하겠다니, 이유가 너무나도 궁금했다.

"그렇죠? 이런 사람이 없죠? 그러니까 내가 하려고요. 남 앞에서 내 알몸을 드러낸다는 게 얼마나 어려운 일입니까. 그 어려운 일에 꼭 한번 도전해보고 싶어요."

목표 의식이 뚜렷했다. 그의 인생은 지금껏 도전과 성취로 점철되었다. 중요한 건 '성취' 전에 '도전'이 있었다는 것이다. 무수히 많은 성공 경험을 가지고 있으면서도 그는 '도전'을 멈추지 않았다. 높든 낮든, 하나의 문턱을 넘기 위해 우리는 많은 시간과 노력을 들인다. 그것은 크고 작은 성취가 되어 내 인생의 순간순간을 빛나게 해준다.

그는 누드모델 도전을 통해 또 하나의 훈장을 얻으려는 의욕에 넘쳤다. 처음이라 다소 어설프지만 누드모델로서 자신의 예술적 감성을 온몸으로 표현하려는 갈망과 노력이 보였다.

"난 주변 지인들한테 '누드모델 일을 한다'고 자랑해요. 다들 기겁하지. 그래도 난 이 일이 좋아요. 남들은 쉽게 도전하지 못하는데 난 해냈으니까. 그게 짜릿해요."

그런 그가 올해로 여든이 됐다.
지금도 왕성한 사회 활동은 물론, 6년 차의 나름 베테랑 누드모델이 됐다.

화려한 명함들 사이에서도 '누드모델'이 그의 삶에서 가장 멋지고 자랑스러운 도전으로 기억되기를 바라본다.

무표정의 배려

우리는 누군가의 몸을 바라볼 때, 무척 경솔해지곤 한다.

몸은 보이는 모습일 뿐인데도, 그것만으로 한 사람의 모든 것을 규정하고 단정 짓는다. 그의 성격, 인품, 직업, 자라온 환경, 인생의 굴곡, 고민 등 상대의 몸을 통해 유추하는 정보는 끝이 없다. 이는 굳건한 편견으로 자리 잡아, 특히나 뚱뚱한 몸을 가진 사람에게 냉혹하고 엄격한 잣대를 들이밀곤 한다.

작업에 참여하는 아티스트나 학생들에게 꼭 당부하는 것이 있다.

바로 '표정'이다.

나도 여전히 적응하기 힘든 것이 의도를 알기 힘든 무수한

표정들이다. 자기네들끼리의 별것 아닌 속닥거림, 잠깐 스치듯
비치는 웃음, 어딘가 불편한 듯 찡그려지는 미간이 우리 모델들
에게는 너무도 잘 보인다.

그게 설령 우리를 향한 것이 아닐지라도, 작가 또는 학생들의
미세한 표정 변화와 움직임에도 모델은 반응할 수밖에 없다.

살찐 사람이 늘씬한 모델을 보고 "아휴, 예쁘네. 부럽다 부
러워" 하는 말이라도, 혹은 풍만한 몸매의 모델을 보고 칭찬의
의미로 "복이 참 많게 생겼네" 하는 덕담 어린 말이라도, 그 말
을 듣는 순간 우리는 '평가'의 대상이 된다.

제아무리 칭찬이라도 우리 속 원숭이가 된 기분을 달가워할
사람은 없다. 모델과 전혀 상관없는 그들만의 대화에도 때때로
모델들은 움츠러든다. 우리는 움직이지 않는 비너스상이 아니
라 사람이기 때문이다.

그들만의 대화와 제스처, 심지어 표정이라도 작업 중에는 최
대한 삼가는 것이 예의다. 사소한 반응 하나가 호흡과 포즈를
무너뜨리고, 결국 좋은 작업 결과물도 기대하기 어렵게 만든다.

상황이 이러니, 특징적인 체형을 지닌 모델을 일터로 보낼
때는 마음을 더욱 졸이게 된다. 가장 대표적인 경우가 아주 깡
마른 모델이거나, 혹은 매우 뚱뚱한 모델들이다.

우리나라 사람들은 왜 그렇게 '평균'을 벗어나는 것에 지나치게 호기심을 갖거나 호불호를 따질까.

나는 '표준'에 가까운 천편일률적인 모델 100명보다 개성 강한 모델 하나가 더 소중하다고 생각한다. 내가 아끼는 모델들이 상처받는 것을 원하지 않는다.

때문에 다소 뚱뚱하거나 깡마른 모델이 현장에 갈 때면 가급적 내가 동행하거나, 의뢰한 현장 작업자들을 통해 현장 분위기와 언행에 세심한 주의를 당부한다.

7년 전 나를 찾아왔던 그녀는 몹시 뚱뚱했다. 그녀를 보자마자 나는 "너무나도 개성 강한 몸"이라며 반겼다.

모델로서 그녀의 몸은 훌륭했다. 풍만한 살집은 세상이 정한 '예쁜 맵시'와는 다르지만, 그 자체로 탐스러운 곡선을 만들어냈다. 그리고 누구보다 유연해서 월등한 포즈를 연출했다.

그 거대한 곡선은 정말이지 아름다웠다. 사실 그녀는 갑상선 기능 저하증을 앓고 있었다. 게다가 이른 나이에 결혼, 출산, 그리고 이혼까지 겪으면서 적잖은 상처를 받았다. 몸과 마음의 병은 그렇게 한꺼번에 그녀를 덮쳤고, 하루가 다르게 살이 쪘다고 한다.

그 와중에도 좌절하지 않고 스스로 할 수 있는 일을 찾아 협회까지 와준 것이 난 고맙기까지 했다. 남성들이 쪼그라든 성기를 드러내길 꺼리듯, 여성들은 살이 찐 몸을 누군가에게 보여주길 싫어한다.

누드모델은 늘 닥친 현실에 주저앉던 그녀가 거의 처음으로 용기를 내 선택한 일이었다.

그녀는 조금씩 더 좋은 모델로 성장해가고 있었다. 하지만 그 기대는 예상치 못한 곳에서 무너졌다. 문화센터 출강을 나간 그녀가 울먹이며 내게 전화한 것이다.

"회장님, 저 모델 일 못 하겠어요. 여기도 못 있겠어요. 죄송해요. 그만할래요."

전후 사정을 들어보니 문화센터 수강생들 중 일부가 그녀의 몸을 보고 키득키득 웃으며 이죽거린 모양이었다. 뻔뻔하고 몰상식한 한 무리의 중년 여성들이 떠올라 도저히 화를 참을 수가 없었다.

몸을 향한 편견 어린 시선과 말이 누드모델에게 얼마나 폭력적인지 알기에 의뢰자에게 조심하기를 여러 번 당부했다. 그럼에도 불구하고 종종 문화센터에서 터지는 일들은 무척이나 나를 속상하게 했다.

백화점 문화센터를 찾아 교양을 쌓을 만큼 시간과 마음의 여유가 있는 이들이 왜 한 사람을 향한 배려에는 인색할까. 자신의 말과 행동이 누군가의 삶의 방향을 바꿔놓을 만큼 큰 영향을 줄 수도 있다는 걸, 꼭 알았으면 좋겠다.

그날 이후로 협회에서 다시는 그녀를 볼 수 없었다. 어쩌면 자기 인생의 가장 큰 도전이었을지 모를 일을, 그녀는 그렇게 하루아침에 그만두게 되었다.

안타까운 마음에 모델 일을 재차 권고하는 나에게 그녀는 이렇게 말했다.

"그때 그 웃음이 떠올라서 모델로 설 수 없겠어요."

내 인생의 아쉬운 인연으로 그녀가 가장 먼저 떠오른다. 자책도, 후회도 내 몫으로만 남긴다. 부디 그녀가 어디선가 꼭 행복하길 빈다.

때로는 말이 먼저이기에

하루는 목사님 한 분이 협회를 찾아왔다. 그간 다양한 직업군의 모델 지망생이 이곳의 문을 두드렸지만 성직자는 좀처럼 없었다.

누드모델협회를 찾아오는 직업인으로 소방관이나 경찰관, 행정공무원 같은 공무원이 제법 있다. 비교적 업무가 단조로워 삶이 재미없고 지루하거나, 혹은 업무 강도가 높아 극단적인 방식으로 스트레스나 억눌린 감정을 분출하려는 경향이 있었다.

공무원들은 잘 설득해서 돌려보내는 편이다. 공직자윤리법상 본인 업무 외 별도의 직업을 갖는 것은 불법이며, 작업 중에 아는 사람을 마주칠 위험성도 크다.

그럼에도 불구하고 하겠다는 사람들도 있었지만, 조금이라도 문제가 될 수 있는 상황은 방지하고자 정중히 돌려보낸다.

중년의 전업주부들도 종종 찾아온다. 평생 남편과 자식을 위한 삶을 살다가, 이제는 자기 감정과 자아를 마음껏 표출하고 싶은 이들이다. 특별한 기술이나 자격증이 없어도 이 일을 시작할 수 있다는 점이 매력적으로 작용한다.

그런데 성직자라니, 그를 만난 순간 어떻게 해야 할지 곧바로 판단이 서지 않았다. 본인의 자유이고 선택인데 내가 굳이 말릴 필요가 있나 싶었다.

누드모델을 하려는 이유를 묻자 "한번 해보고 싶다"는 말뿐, 이렇다 할 속시원한 대답은 들을 수 없었다.

법적으로 문제될 것도 없고 본인이 워낙 간곡히 원해, 일단 간단한 교육과 크로키 작업에 참여시켰다. 그는 곧잘 일에 적응해갔다.

하지만 그의 과묵한 성격은 이후에도 적잖이 걸림돌이 됐다. 다른 무엇보다 말을 하지 않으니 금세 표현력에 한계를 드러낸 것이 문제였다.

누드모델이 몸으로 감정과 생각을 드러내는 일인데 말과 무슨 상관이냐 할 수 있지만, 사실 말과 몸은 밀접한 연관이 있다.

말은 우리의 생각을 정확히 표현해내는 가장 기본적인 수단이다. 어떤 음악이나 이야기를 들려줬을 때 느끼는 자신의 감정을 말로, 그것도 아주 구체적으로 표현할 수 있을 때, 그제야 몸짓도 달라진다. 내가 처음 찾아온 사람들에게 끊임없이 말을 걸고, 그들의 이야기를 묻는 이유다.

작업을 통해 자신만의 무언가를 표출하고 싶다면, 작업 앞에서 떠오르는 자신의 감정을 집요할 정도로 파고들어야 한다. 그래야 그 감정이 어떤 이미지로 구체화되고, 다시 이를 포즈를 통해 연출할 수 있다.

특히나 초보 모델들은 머릿속에 둥둥 떠다니는 이 허상 같은 이미지들을 전문가와의 끊임없는 대화를 통해 좀 더 구체화해야 한다.

머릿속에 아무리 많은 관념과 생각이 있다 한들 그걸 몸으로 표현해내기란, 더구나 이제 막 모델을 시작한 사람들에게는 불가능에 가깝다. 본인이 어떤 감정을 실어 팔을 뻗어도 그게 작가에게 고스란히 전달되지 않는다. 그러니 모델로서 표현 능력, 연출 능력을 키우기 위해서는 말이 기본이다. 나와의 대화는 그런 과정들이다.

수많은 교인들 앞에서 막힘없이 설교를 하는 목사가 강대상을 내려와서는 도대체 왜 아무 말을 하지 않을까. 그런 그에게 난 "당신의 생각이 궁금하다"고 끊임없이 물을 수밖에 없었다.

드문드문 빈 데가 많은 대답이라도 듣고 싶었다. 하루는 그가 이런 고백을 했다.

"말하는 것이 내게는 무척 어려운 일이에요. 왜 어려울까 곰곰이 생각해봤더니, 어릴 때 부모님이 늘 제게 '말하지 말고 가만히 있어', '아니야. 네 말은 들을 필요 없으니까 조용히 해'라고 했거든요. 내가 뭔가를 말하는 것이 상대를 불편하게 한다는 강박관념이 그때부터 생긴 것 같아요."

그런 그가 지금은 전혀 다른 사람이 되었다. 다소 어두웠던 성격은 한결 밝아지고, 이제는 먼저 묻지 않아도 자기 이야기를 술술 한다.

포즈를 비롯한 몸짓 표현도 전보다 훨씬 풍부해졌다. 설교 등 공식적인 교회업무 외의 활동은 거의 하지 않던 그가, 자발적으로 봉사에 참여하는 등 여러 지원활동에 참여하는 일도 늘었다.

일에서도 생활에서도, 이제는 자신의 의사를 적극적으로 표현하는 그를 보면 누드모델 선배로서 뿌듯하다.

사람이 자기 목소리를 갖는다는 것은 참 중요한 일이다.

한 번도 내보지 않았던, 또는 한동안 잊고 지냈던 자기 목소리를 찾게 되면, 나아가야 할 인생의 방향은 보다 뚜렷해진다.

누드를 통해 그 길을 찾는 사람들을 보면서 난 더 큰 책임감을 느낀다.

"오래 고민한 만큼 열심히 준비했습니다"

어떤 분야든 일하는 방식을 보면 그 사람의 성격이 드러나기 마련이다.

누드모델도 마찬가지다. 단순한 루틴을 가진 일처럼 보이지만, 모델마다 작업을 준비하는 과정부터 마무리하는 태도까지 저마다 다르다.

한번은 입시 학원가에서도 꽤 명성이 높은 학원의 원장이 누드모델을 하겠다고 찾아왔다. 그쪽 업계에서는 "능력 있는 선생님" 소리를 들으며 실력을 인정받은 그가 협회를 찾은 건 뜻밖이었다.

"돈도 벌만큼 벌었고, 일도 큰 문제없이 잘 돌아가요. 그런데 어느 날 문득 생각해보니 '그게 진짜 나를 위한 일이었나' 하는 의문이 들더라고요. 몸이 잠깐 아팠는데, 그런 생각이 더 간절히 들었어요. 앞만 보고 열심히 살아왔는데, 정작 날 위해서 뭔가를 해본 적은 없더라고요. 학원강사를 하면서 처음에는 수강생들이 원하는 결과를 얻는 것이 제 기쁨이었죠. 그런데 그게 반복되니 직업적인 성취감이 예전만 못 하더라고요. 오로지 '나'에게만 집중할 수 있는 일이 뭘까 고민하다가 찾아오게 됐어요."

그가 조심스럽게 그간의 이야기를 담담히 풀어냈다. 신중한 성격으로, 여기에 오기까지 오래 고민한 흔적이 보였다. 난 첫 만남에 '실습' 날짜를 잡았다.

"처음부터 엄청난 포즈를 요구하지는 않으니까, 첫날은 크게 준비할 것 없이 그냥 가볍게 오세요. 꾸준히 운동을 안 했다면 안 쓰던 근육을 쓰다가 몸이 다칠 수도 있으니, 스트레칭 정도는 도움이 될 거예요."

간단한 주의 사항을 일러준 뒤 우리는 약속한 날에 만났다.
수줍어하는 듯한 표정도 잠시, 그는 실습을 위해 이내 옷을 벗었다.

그런데 이게 웬걸. 시뻘건 멍 자국이 온몸을 뒤덮고 있는 것 아닌가. 동그란 모양의 피멍, 즉 부항을 뜬 흔적이었다. 아니, 도대체 어쩌다 이렇게 된 걸까? 그에게 물었더니 가히 '잘나가는 학원 원장'다운 대답이 돌아왔다.

"첫 실습 오기 전에 혼자 연습을 좀 했어요. 누드사진을 보면서 포즈도 좀 따라해보고요. 처음이지만 어설퍼 보이기 싫고, 또 저 때문에 모인 작가들이 괜한 헛걸음 안 하게 하려면 뭐라도 준비해야겠더라고요. 그랬더니 몸이 뻐근해져서 부항을 했는데, 혹시 문제가 될까요?"

그는 100점을 맞으려는 전교 1등 학생 같은 표정으로 내게 물었다. 그런 그에게 포즈를 잡는 데는 문제될 것이 없지만, 멍 자국이 전신에 있으면 근육의 세세한 모양을 제대로 관찰하기 힘들다고 알려줬다.

그러니 어쩔 수 없는 흉터 외에 신체에 인위적인 자국은 가급적 만들지 말 것을 조언했다. 어려 보이기 위해 쓴 가발도 벗어도 좋을 것 같다고 말이다.

"공부도 그렇듯이 정답을 맞히는 것 못잖게 정답을 찾아가는 과정이 중요하잖아요. 주입식의 끝을 알고 계시죠? 처음부터 정답을 맞히지 않아도 돼요. 자기만의 자연스러운 몸짓을 계속 연출하고 표현하다 보면 언젠가 그 모델만의 특성과 매력이 발현되기 시작하거든요. 조급해하지 마세요."

누드모델의 길은 누구에게나 열려있다. 분명한 것은 누구도 쉽게 도전하지 못하는 독창적인 경험이라는 점이다. 취미생활 삼아 한번쯤 해볼까 하는 식으로 이곳에 온 사람들은, 옷을 벗어야 하는 첫 문턱도 제대로 넘지 못하고 발길을 돌린다. 하지만 깊이 있게 이 일을 고민하고 도전 의지가 충분한 이들은 그 과정에서 반드시 뭔가를 찾게 된다.

그는 지금도 여전히 '모범생'답게 철저한 자기관리를 통해 '제대로 준비된 자세'로 작업실에 나타난다. 잘나가는 학원강사로 인생 전반부를 성공적으로 마친 그가 후반부에 '대체 불가능한 누드모델'이 되지 말란 법은 없다. 진지하게 임하는 태도. 그 하나만으로도 그의 도전은 이미 충분히 의미가 있다.

누드모델을 통해 자신만의 길을 찾는 이들도 있다

어려운 고백

어느 치과의사의 사회봉사활동 경험담을 읽은 적이 있다.

한번은 성매매 업소 여성에게 올바른 칫솔질 방법을 알려줬다고 한다. 여기까지만 들으면 대수롭지 않은데, 이후의 이야기가 꽤 오랫동안 기억에 남았다.

칫솔질을 배우던 여성 중 누군가가 갑자기 울음을 터뜨렸다고 한다. 치아를 제대로 닦는 방법을 그제야 알고 나서, 그동안 자기 몸을 위해 칫솔질 하나조차 제대로 해주지 못한 것에 대한 회한이 밀려왔기 때문이라고.

이 이야기를 듣고 생각했다. 나를 아낀다는 건 거창한 뭔가를 하기보다 손톱과 발톱이 상하지 않도록 깨끗이 잘 다듬어주는 것부터 시작할 수도 있겠다고.

누드모델을 한다는 건, 남들에게 쉽게 털어놓지 못하는 자신만의 비밀의 방을 하나 더 만드는 것이다.

나를 포함해서 많은 누드모델들이 당당하게 자신의 직업을 밝히지만, 여전히 어떤 이들은 비밀스럽게 이 일을 일한다. 그건 어디까지나 개인의 선택이고 자유다.

그러다 보니 자포자기의 심정으로, 어느 누구에게도 꺼내고 싶지 않은 비밀 이야기를 하나씩 안고 협회를 찾아오는 이들이 종종 있다. 성폭력, 성추행 피해자들이다. 그들 중 상당수는 안 좋은 일을 당한 뒤 스스로를 자책하고 자기 몸을 하찮게 여기는 경향이 있다. '어차피 망가지고 버려진 몸'이라는 이미지가 뇌리를 떠나지 않는 것이다.

우연히 스친 불쾌한 터치도 오래도록 두고두고 생생히 기억날 만큼 몸서리치게 싫은데, 원치 않은 관계를 폭력적으로 맺은 경험은 더더욱 돌이키기 힘든 상처다. 그 불쾌감은 때론 평생을 따라다니며 그 사람을 괴롭힌다.

성폭력은 한 인격을 말살하는 더럽고 추악한 범죄다. 가해자에게는 잠깐의 쾌락이었을 그 짧은 몇십 분의 시간이, 때로는 서서히 때로는 격렬하게 한 사람의 인생을 갉아먹는다.

이 상처를 치유하는 데는 많은 시간과 노력이 필요하다.

고백하건대, 나 또한 그 피해자 중 한 명이다.

누드모델을 하기 전, 고향에서 서울로 갓 올라와서 사회생활을 시작했던 스물한 살 무렵이었다. 다니던 회사의 상사에게 성폭력을 당했다. 내 첫 경험이었다.

그런 일을 당했다고 말하는 것조차 죄스러운 시대였기에 난 아주 오래도록 혼자만 그 마음의 짐을 품고 있었다.

트라우마라는 게 생각보다 훨씬 질기고 독한 모양이다. 수십 년이 지나 이렇게 말할 수 있게 된 후에도, 그때를 떠올리면 마음이 몇 번씩 무너져 내린다.

그때는 내게 "네 잘못이 아니야"라고 말해주는 사람도 없었다. "이 세상에 돌이킬 수 없는 상처란 없어. 그 상처가 너를 집어삼키도록 그냥 두지 마"라고 말해주는 이도 없었다.

그렇게 20년쯤 지났을까. 겨우 용기 내어 나만의 비밀이었던 그 일을 입 밖으로 꺼낼 수 있었다. 가해자를 처벌하기에는 이미 너무 많은 시간이 흐른 뒤였지만, 적어도 다른 상처들과 엇비슷한 크기로까지 작아졌다는 의미의 항변 같은 것이었다.

여전히 그때를 떠올리면 마음 한 켠이 욱신거리고 쓰라리지만, 그래도 견딜 만해졌다.

한 인터뷰를 통해 이 이야기를 밝힌 뒤, 협회에 비슷한 상처를 가진 모델 지망생들이 부쩍 늘었다. 내게 작은 공감이라도 얻고자 온 사람들이다.

치유는 공감과 공유에서 시작한다. 아무리 훌륭한 전문가를 만나도, 같은 일을 겪은 사람들끼리 나눌 수 있는 공감의 감정을 나눌 수는 없다.

그들은 나를 통해, 나는 그들을 통해 서로의 상처를 조금씩 보듬는다.

난 그들에게 자신의 몸을 들여다보라고 말한다. 성폭행을 당하면 내 몸이 내 몸 같지 않다. 정신적인 충격이 너무 큰 나머지 분명 내 몸인데도 '내 것'이 아닌 것처럼 부정하고 거부하는 심리가 작동한다.

내 것이 아니니까 소중하게 아껴주지도, 가치 있게 봐주려고 하지도 않는다. 성폭행 피해자들 중 상당수가 자기혐오에 시달리는 이유다.

누드모델은 우선 자기 몸을 있는 그대로 바라보고 인지하는 것에서부터 출발한다. 몸과 마음에 깊게 각인된 상처를 바로 볼 수 있도록 도와준다.

얼떨결에 시작한 누드모델이지만, 결과적으로 이로 인해 난 절망에서 빠져나올 수 있었다. 그토록 부끄러웠던 내 몸이 사진과 그림 속에서는 찬란하게 빛났다.

'다음 작업도 하려면 다치지 말아야지', '상처나면 안 되니까 조심해야지' 이렇게 차근차근 몸을 아끼고 소중히 하는 법을 처음부터 익혀갔다.

화초가 시들지 않으려면 적당한 물과 볕을 주고, 때에 맞춰 가지치기도 해야 한다. 필요하면 분갈이를 해 토양을 아예 바꾸기도 한다.

몸도 비슷하다. 규칙적으로 적절한 양의 물을 주고, 충분히 햇볕도 쬐게 한다. 쓸데없이 나와 인생을 갉아먹는 생각과 습관이 있다면 과감하게 한번쯤 판을 뒤엎어도 볼 일이다. 몸을 건강하게 가꾸는 즐거움이 얼마나 큰지, 나는 누드모델을 하면서 깨달았다.

혹시 지금 당장 힘든 이가 있다면 물을 한 잔 마시고, 밖으로 나가 산책을 해보길 권한다. 그리고 거울 속 자신에게, 세상에서 가장 소중한 나에게 한번 웃어주자.

몸을 건강하게 가꾸는
즐거움이 얼마나 큰지,
나는 누드모델을 하면서 깨달았다.

"부끄러움이 자부심이 되기까지"

: 나를 지켜주는 몸

Part 3

운명은 사소한 순간에 불쑥 찾아온다

그 시대의 가정들이 그렇듯 우리 집 역시 매사에 '남자는 하늘, 여자는 땅'이었다.

여자는 아버지, 오빠와 겸상도 할 수 없었다. 그러나 4남 3녀 중 여섯째인 나는 밥상을 비집고 들어가 기어코 한 자리를 차지했다.

게다가 여자라 더욱 엄격하게 적용되는 아버지의 통제 속에서도 나는 늘 지방 소도시에서 벗어나 서울에서의 자유로운 삶을 꿈꾸곤 했다.

스무 살이 되던 해, 결혼으로 서울살이를 시작한 언니에게 제안이 왔다. 형부가 다니는 무역회사에 경리로 일할 생각이 있느냐는 것이었다.

상업고등학교에서 배운 것들과 학교 서무과에서 아르바이트를 했던 경력 덕에, 나는 광주에서 서울로 향하는 버스에 몸을 실을 수 있었다. 그 버스 안에서 내 마음은 몇 번이고 하늘로 날아올랐다.

서울에 도착하자마자 찾아간 언니네 집은 굽이진 골목 깊숙한 곳의 단칸방이었다. 그렇게 좁은 방에서 한 줌도 안 되는 세간살이로, 길고 긴 인생의 새 여정을 이제 막 시작했다니. 기대보다 허술한 살림살이에 실망감보다는 미안한 마음이 먼저 들었다. 도움은 못 될망정 짐이 된 것 같아 마음이 무거웠다.

돈을 모아 하루라도 빨리 독립하는 것이 모두를 위해 좋을 것 같았다. 하지만 역시나 현실은 녹록지 않았다. 무역회사에서 경리로 일하며 한 달에 손에 쥔 돈은 고작해야 15만 원 남짓. 팍팍한 서울 물가를 고려하면 당장 독립하기에는 턱없이 부족한 돈이었다.

퇴근 후 밤에 할 수 있는 아르바이트를 찾다가 종로의 한 레스토랑을 알게 됐고, 본격적으로 '투잡'을 뛰기 시작했다. 낮에는 서초동 무역회사의 막내 경리로, 밤에는 종로의 한 레스토랑에서 서빙을 하는 아르바이트생으로 살았다.

이 레스토랑이 지금의 내 인생의 방향을 바꾼 곳이다. 관철동에 위치한 그곳은 충무로와 가까워 사진작가들이 커피나 맥주를 마시러 자주 왔다.

충무로는 지금까지도 사진작가들의 발길이 끊이지 않는 대표적인 사진 명소이자 인쇄 골목이다. 귀한 필름 사진으로 인화할 수 있는 곳이 아직까지 드물게 남아있다. 낮에 충무로 골목 이곳저곳을 헤집고 다니던 그들은 해가 저물면 종로로 넘어와 이야기꽃을 피웠다.

잠깐 서빙만 담당하던 나도 그 결에 웬만한 사진 전문 용어에 익숙해질 정도였다. 인화니, 트리밍이니 하는 말들도 그때 처음 들었다.

그 암울한 시절에 사진을 취미로, 또는 업으로 삼는 사람들은 어딘가 묘한 분위기를 풍겼다. 당장 한 푼이 아쉬워서 밤낮없이 일하던 내 처지에 비하면, 절박함이라고는 찾아볼 수 없는 그들의 나른한 대화는 동경을 불러일으켰다.

내 인생에서 결정적 순간을 꼽는다면 언제일까.

아버지의 그늘에서 벗어나 서울로 떠나던 날일까. 종로 레스토랑에서 아르바이트를 시작한 날일까. 아니면 누군가의 누드모델 제안에 덜컥 "하겠다"라고 말한 날일까.

아니다. 내 인생의 결정적 순간은, 레스토랑 구석 자리의 테이블 위에 어지러이 놓인 누드사진들을 보고서, 호기심을 참지 못하고 그들에게 처음 말을 걸었던 때다.

"근데 이게 뭐예요?"

운명은 때론, 아주 찰나의, 지극히 사소해 보이는 순간에 불쑥 손을 내민다.

"누드모델 다시 해볼래?"

좁은 언니네 집에 계속 얹혀살 수는 없었다. 독립하기로 결심하고 우여곡절 끝에 얻은 집은 서울 외곽의 달동네에 위치한 3만 원짜리 월세방이었다.

내 몸 하나 누이면 꽉 차는 좁고 볼품없는 방이었지만, 살면서 '내 집'이라는 걸 처음 가져보는 설렘은 생각보다 컸다. 물론, 구차한 문제와 걱정들로 그 기분은 오래가지 못했지만.

월급 15만 원에 월세, 식비, 직장과 레스토랑을 오가는 차비를 고려하면 잔고는 이미 마이너스였다. 게다가 사회 초년생이었으니 몸에 걸치고 바르는 것 하나부터 열까지 다 돈이었다. 어느 정도 구색을 갖추려면 도무지 계산이 안 나왔다.

그 와중에 방 한 칸만 마련하면 될 줄 알았던 '독립'은 그리

쉽게 완성되지 않았다. 사람 한 명이 최소한의 일상성을 유지하는 데 꼭 필요한 물품은 의외로 많았다.

당장 덮고 잘 이불, 밥 한술 떠 놓을 그릇조차 없었다. 다 갖추지 않았어도 무사히 넘긴 날들이 많았으니, 돌이켜 생각하면 그래도 다행이다.

그 시절 가난한 젊음에게 매일매일은 그야말로 돈과의 싸움이었다.

그럭저럭 서울에서의 생활이 자리를 잡아가자, 오늘이 아닌 내일을 고민할 여유까지 생겼다. 그 시절 내 서울 생활의 오랜 로망 중 하나는 대학이었다.

매일 강남과 종로를 활보하는 수많은 대학생과 직장인 들을 보면서 그 목표는 더욱 선명해졌다. 당장 밥벌이를 그만둘 수 없는 나에게 방송통신대학은 직장생활과 공부를 동시에 할 수 있는 좋은 기회였다.

캠퍼스를 누비는 낭만은 없었지만, '대학생'이 됐다는 사실 자체가 날 한껏 들뜨게 했다. 직장 동료가 전부였던 인간관계도 선배, 동기들을 만나며 한층 풍성해졌다.

그만큼 필요한 돈도 늘어났다. 입학금과 학기마다 드는 등

록금, 교재비며, 또 그맘때 여자애들이 그렇듯 예쁘게 꾸미는 데 들어가는 옷값도 있어야 했다.

지출 항목 중 가장 만만하게 줄일 수 있는 게 식비여서, 대충 먹거나 아예 굶는 날도 있었다. 그즈음 몸무게도, 통장 잔고도 날로 인생 최저치를 경신했다.

혹독한 서울 생활에 어느 정도 익숙해진 어느 날이었다. 힘겨운 하루를 무사히 마치고 평소와 다름없이 산동네 골목길을 재촉하며 오르는데, 뒤에서 기분 나쁜 인기척이 느껴지는 것이 아닌가.

순식간이었다.

강도는 내 손이 쥐고 있던 가방을 획 낚아챘다. 도대체 무슨 상황인지 파악할 겨를도 없이, 상대는 익숙하고 숙련된 뜀박질로 순식간에 고불고불한 산동네 비탈길로 사라졌다. "강도야!" 하고 소리쳤지만 이미 늦은 후였다.

아뿔싸. 더 아찔했던 건 그다음이었다. 하필 그날 월급과 아르바이트 주급을 함께 받았다는 걸 뒤늦게 깨달은 것이다.

다른 월급날보다 지갑이 더 두둑했다. 내 걸음은 아마도 더 들떴겠지. 어쩌면 그래서 강도가 내 뒤까지 쫓아오는 것도 눈치

채지 못했던 걸까. 부질없는 후회와 막막함, 분노와 허탈감이 나를 뒤덮었다.

돌고 돌아 문제는 또다시 '돈'이었다. 직장인이라면 모두가 공감하겠지만, 월급을 받기 직전이 가장 가난하다. 월급을 받으면 돈을 어디에, 얼마나 쓸지 재정계획도 빼곡히 세워둔 터였다.

그러나 웬걸. 힘들게 일한 한 달 급여를 고스란히 날리고 나니 다음 날 출근길부터 막막했다. 당장 회사와 레스토랑을 오가는 차비부터 걱정해야 하는 처지가 됐으니 말이다.

급한 대로 언니에게 손을 벌렸다. 다시는 언니에게 신세 지고 싶지 않았지만 달리 방법이 없었다. 갓 태어난 조카를 안고 여전히 단칸방을 벗어나지 못하고 있는 언니에게 차비만 겨우 빌렸다.

레스토랑 주급 알바비가 나오는 다음 주까지만, 일주일만 어떻게든 버텨보자는 심정으로 버텼다. 그렇게 돈은 시시때때로 날 구차하게 만들었다.

그 일이 있기 전부터, 안면이 있던 레스토랑의 사진작가 손님들은 잊을 만하면 한번씩 내게 모델 아르바이트를 제안했다.

대학에 가기 전, 얼떨결에 한탄강에서 신고식을 치른 이후라 사진작가들의 제안은 더욱 빈번하고 집요해졌다. 그럼에도 불구하고 "다시는 안 한다"고 버티던 게 거의 1년이 다 되어가고 있었다.

"영은아, 너 진짜 누드모델 해볼 생각 없어?"

강도를 당한 다음 날도 레스토랑에 모인 사진가들은 내게 어김없이 물었다.

눈빛이 흔들렸다.

한탄강에서 경험한 수치심과 모욕감이 내 안에서 생생하게 재현되면서 동시에 그날 받은 10만 원도 함께 눈앞에 아른거렸다.

직장도, 레스토랑도 안 가도 되는 일요일 반나절만 할애하면 그 돈을 손에 쥘 수 있었고, 다음 월급날까지도 버틸 수도 있었다.

자존심 한번 접는 값치고 적지 않은 돈이었다. 때아닌 강도를 만나 명분도 완벽했다. '그래, 딱 한 번만 더 하자.'

좀 더 그럴싸한 이유가 있다면 좋았겠지만, 내가 본격적으로 누드모델을 하게 된 건 순전히 돈 때문이었다. 내 인생을 전혀 예상치 못한 방향으로 틀어놓은 건 그 10만 원이었다.

그때 내 수중에 단돈 몇만 원이라도 있었다면, 나는 지금 어떤 인생을 살고 있을까. 예전의 나는 누드모델이 아닌 나는 어떤 꿈을 가지고 있었던가. 그 기억도 가물가물한 지금, 종종 생각해 본다.

누군가 내게 다시 "너 누드모델 다시 해볼래?" 하고 묻는다면 난 뭐라고 답할까.

아마도 "네, 해볼게요"라고 답할 것 같다.

몸이 곧 작품으로

독일의 아티스트 외르크 뒤스터발더Jörg Düsterwald는 세계적인 보디페인팅 아티스트다.

30여 년간 활동하면서 각종 광고와 마케팅 캠페인, 아트 프로젝트 등을 통해 작품을 선보였다. 그중 가장 유명한 것은 〈위장 시리즈〉다.

다양한 자연 풍경 속에 보디페인팅을 한 누드모델을 감쪽같이 숨겨 '위장술의 달인'으로도 불린다. 그의 작품은 숲, 논, 연못가, 바다, 꽃밭을 가리지 않고 펼쳐진다. 그의 손을 거친 누드모델은 자연물과 완벽히 동화를 이루고, 곧 풍경의 일부가 된다. 그는 누드모델의 몸을 도화지 삼아 정교함의 끝을 보여준다.

수년 전, 그의 작품을 처음 접하고 굉장히 흥미로웠다.

우선, 한참을 들여다봐야 겨우 모델을 찾을 수 있을 정도로 섬세한 작품의 완성도에 놀랐다. 바뀌는 배경에서 주인공을 찾아내야 하는 책《월리를 찾아라》처럼 어떤 작품은 한참을 가만히 들여다봐도 좀처럼 모델을 찾기 힘들다.

사람의 몸을 자연의 일부처럼 보이게 하기 위해 작가는 얼마나 오랜 시간 자연을 응시했을까. 또 얼마나 많은 선과 색을, 그리고 지우기를 반복했을까. 작가의 손을 거친 모델의 몸은 그 자체로 하나의 작품이 됐다.

또 다른 독일의 아티스트 게지네 마르베델Gesine Marwedel 또한 전통적인 캔버스 회화 대신 누드모델의 몸에 그림을 그리는 보디페인팅 작품을 선보인 바 있다.

단순히 몸에 그림을 그리는 것을 넘어, 팔과 다리의 역동적인 움직임까지 고려해 다채로운 자연 경관과 야생동물을 표현했다.

그림이 아닌 퍼포먼스에 가까울 만큼 스케일이 크고 세심하다. 모래 위에 배 딱지를 대고 납작 엎드린 바다거북과 모래 속에 푹 파묻힌 거대한 소라, 수풀 속에 몸을 웅크린 채 시선을 맞추는 여우는 실사와 구분이 어렵다.

게지네 마르베델은 원래 언어치료사였다고 한다. 그녀는 인도의 한 보육원에서 어린아이들을 위한 심리 재활 프로그램을 개발하다가 이와 같은 작품 활동을 시작했다고 한다.

사람의 몸이 거대한 자연의 일부가 되는 경험을 통해 그녀가 전달하려는 메시지는 무엇이었을까. 언젠가 만난다면 묻고 싶다.

사람의 몸이 지닌 입체감을 캔버스 위에 최대한 사실적으로 구현하려는 예술가들의 노력은 수십 세기에 걸쳐 이루어졌다. 몸의 미세한 근육과 체모까지 구체적으로 묘사한 고대시대의 조각 작품들은 압도적인 역동성으로 오늘날까지도 회자되고 있다.

하지만 그림도, 조각도 사람의 몸을 모사한 작품에 지나지 않는다는 한계는 분명히 있다. 미세한 붓 터치, 섬세한 컬러의 배합으로도 도무지 구현할 수 없는 신체 굴곡의 감도, 주름의 패임 정도, 표면의 결이 있다.

그에 반해 보디페인팅은 신체가 지닌 가장 자연스러운 곡선과 명암, 질감을 재료로 삼는다.

두 아티스트에 의해 그 자체로 하나의 예술 작품이 된 모델

은 자연과 완전히 하나가 됨으로써 자신과 몸을 감춘다. 그게

존재를 가급적 드러내지 않는 누드모델의 숙명과도 닮아있어

괜스레 눈이 더 가게 되는 작품들이다.

"이번 작업은 영은 씨가 꼭 해주세요."

요즘 누드모델들은 군이 이름을 숨기지 않고 본명으로 활동하지만, 30년 전만 해도 전부 예명을 사용했다.

나보다 먼저 누드모델을 했던 선배들도, 비슷한 시기에 활동했던 동료들도 전부 가짜 이름으로 어떻게든 자신을 숨기려고 했다. 나 역시, 이미 나를 아는 그 누구도 내가 누드모델이라는 사실을 알아서는 안 됐기에 예명을 지었다.

눈물의 첫 번째 촬영 이후 두 번째 촬영까지 1년이 걸렸지만, 그 뒤 세 번째 촬영까지는 전보다 오랜 시간이 걸리지 않았다. 뭐든 처음이 어려운 법이니까.

난 더 과감하고 용감해졌다. 간간이 용돈 벌이로 하던 일이 늘어, 어느덧 매주 일요일마다 촬영을 나설 만큼 바쁘게 지냈다.

1991년에는 처음으로 명함도 만들었다. 거기에는 '누드모델 하영은'이라는 나를 설명하는 간단한 한 줄과 함께 무선 호출기 번호도 새겨 넣었다.

그렇다고 수많은 사진가들 앞에서 누드로 선다는 게 쉬워졌다는 의미는 아니다. 나야 서울에 아는 사람이 거의 없는 데다가, 화장을 하거나 안경을 쓰면 인상이 전혀 달라 보였기 때문에 누군가가 날 알아볼지도 모른다는 두려움이 누그러진 것뿐이었다.

공모전에 출품할 누드사진의 가장 중요한 심사 기준은 모델의 얼굴이 노출되느냐, 안 되느냐였다. 모델의 얼굴이 조금이라도 보이면 심사에서 여지없이 떨어졌다. 또 모델의 체모나 유두가 보여도 감점 대상이었다.

철저히 모델의 보디라인만 드러나야 '작품'으로 인정받았다.

얼굴의 경우 코끝이 살짝 보이는 정도만 겨우 인정됐는데, 이러한 기준을 제대로 숙지하지 못한 모델이나 사진가들은 현장에서 애를 먹곤 했다.

덕분에 정적이 흐를 것만 같은 촬영장에서는 의외로 고성이 자주 오갔다. "모델! 얼굴을 좀 더 돌려! 안 보이게 돌리라고!"

어떻게 해서든 사진작가협회에 등록해 전시회를 열고 싶은 작가들의 목소리는 불호령처럼 무서웠고, 이러한 작가의 요청을 제대로 표현하지 못하는 모델은 발가벗은 채로 진땀을 뺐다.

명함까지 만든 그 무렵, 나는 차츰 업계에서 프로로 인정받기 시작했다. 비슷한 시기에 함께 활동하던 모델이 전국에 대여섯 명이었는데, 결혼을 하거나 힘들다는 이유로 점점 떨어져 나갔다.

반면 나는 레스토랑에 오는 작가들에게 명함을 나눠주며 적극적으로 일을 찾았다. 벌이도 쏠쏠했지만 무엇보다 모델로서 내 실력을 인정받는 것이 기뻤다. 그때나 지금이나 "이번 작업은 영은 씨가 꼭 좀 해줬으면 좋겠어"라며 나만 고집하는 작가들이 있다는 건 내게 큰 자부심이다.

그럼에도 불구하고 누드모델에 대한 편견과 오해를 느낄 때면 쏠쏠해지기도 했다. 당시 레스토랑에 온 사진작가나 사진가 지망생들에게 내 명함을 건네면, 그 명함을 제대로 챙겨 간 사람은 거의 없었다. 가족이나 또는 누군가에게 괜한 오해를 받기 싫으니 아예 명함을 챙기지 않는 것이었다.

그때는 나조차도 가족에게는 차마 누드모델을 한다고 말하지 못했으니, 내가 누구를 탓할 입장도 아니었다. 하지만 주말마다 촬영할 모델이 부족해 아쉬운 소리를 하는 작가들이 정작 내 명함은 테이블 위에 팽개치듯 두고 갈 때면 못내 서운했다.

그럴수록 난 더 내 몸을 관리하고 '프로다움'을 유지하려 애썼다. 스스로 떳떳하면 내 태도가 달라진다.

누드모델로서 당당함이야말로 나를 지키는 강력한 무기이자 유일한 보호막이었다.

경력이 쌓이고 일이 늘면서 주머니 사정도 훨씬 나아졌다. 일요일마다 촬영하는 게 일상이 된 뒤, 나는 중고 그랜저를 한 대 샀다. 주중에 회사를 다니면서, 주말에는 버스를 타고 지방을 오가는 일이 꽤 피곤했기 때문이다. 수시로 오는 작가들의 연락을 받기 위해 당시 우리나라에 처음 들어온 휴대전화를 개통했고, 카폰까지 달았다.

당시 휴대전화 가격이 220만 원이었다. 찔끔찔끔 오르던 내 월급이 불과 20만 원 남짓이었으니, 벌이는 꽤 쏠쏠했던 셈이다. 그 사이 단칸방은 방이 두 개 딸린 빌라로 넓어졌고, 중고 그랜저는 몇 달 지나지 않아 신형 액센트로 바뀌었다.

낮에는 평범한 직장인으로, 주말에는 프로 누드모델로 활동하며 3년을 버텼다. 그리고 1995년, 나는 다니던 회사를 그만두고 오로지 촬영에만 전념하며 본격적인 전업 '누드모델'로 나섰다. 남들에게 더는 누드모델을 아르바이트, 투잡, 겸업으로 하고 있다는 구구절절한 설명을 할 필요가 없게 된 것이다.

이제 전적으로 내 시간을 더 멋진 작품을 위해 포즈를 연구하고, 좀 더 모델다운 보디라인을 유지하기 위해 몸을 관리하는 데 쓸 수 있었다.

많은 작가들에게 더 많은 영감을 주는 모델이 되었다는 의미이기도 했다. 정밀하고 사실적인 인간의 육체가 필요한 곳이면 어디든 '누드모델 하영은'을 찾았다.

누군가가 "무슨 일 하세요?" 하고 물었을 때, "누드모델이에요"라고 말할 수 있기까지 꼬박 6년이 걸렸다. 나만의 은밀한 비밀이 내 인생의 가장 뿌듯하고 자랑스러운 트로피가 되기까지 걸린 시간이다.

나는, 아니 우리는 누드모델이다

회사를 그만두고 전업으로 누드모델 활동을 하는데도 뭔가 아쉬움이 남았다.

무엇보다 내 일에 대해 잘 모르는 사람들을 만날 때마다 '누드모델'이 구체적으로 어떤 일을 하는지 설명하는 데 꽤 많은 에너지가 필요했다.

누드모델이 얼마나 전문성을 필요로 하는 일인지, 그리고 내가 그 업계에서 얼마나 인정받고 있는지, 그러니 전혀 걱정할 일이 아니라고 안심시켜주는 것까지, 나는 반복적으로 설명해야만 했다.

개중에는 덤덤한 듯 내 이야기를 차분하게 듣는 사람도 있고, "아니, 왜?!"라며 놀라움과 당혹감을 숨기지 못하는 사람도 있었으며, "너 미쳤어?"라고 대놓고 날 정신 나간 애로 취급하는 사람도 있었다. 모두의 예상대로, 가장 격한 반응을 보인 건 역시나 가족들이었다.

"오빠, 나 본격적으로 누드모델을 할 거야."

말이 끝나기 무섭게 수화기 너머로 큰 오빠의 분노에 찬 욕이 날아들었다. 여동생이 서울에서 성실하게 직장생활을 하는 줄 알았던 오빠는 "죽일 년"부터 시작해 세상의 온갖 험한 말을 퍼부었다.

다른 가족들도 "그딴 짓 하면서 번 돈으로 조카들한테 용돈 주고, 옷 사준 거냐"며 날카로운 말들로 날 힐난했다. 가족들이 생각하는 것처럼 누드모델은 나쁘고 몹쓸 짓이 아니라고, 죄를 짓는 것은 더더욱 아니며 법적으로 문제가 되는 것도 아니라고, 결과적으로 가족들 얼굴에 먹칠할 일은 없을 거라고 울분을 토했지만 소용없었다.

어느 정도 예상한 일이었지만 막상 닥치니 내 안의 상처는 훨씬 더 심했다. "다시는 집에 발 들일 생각하지 말라"는 엄포를 끝으로 통화는 끝이 났다.

그래도 오랫동안 가슴 졸인 일을 해결하고 나니 마음만은 한결 후련했다. 상처뿐인 영광이라는 말은 이럴 때 쓰는 걸까.

오히려 모르는 사람에게 받은 모멸감은 내상이 더 컸다. 그즈음 나는 내 명함을 더 적극적으로 활용하기 시작했다. 우연히 사진작가들이 모인 자리에 가게 됐는데, 좋은 기회다 싶어 그날도 어김없이 작가들에게 내 명함을 건넸다.

그런데 그중 한 명이 명함을 받자마자 제대로 보지도 않고 그 자리에서 명함을 찢어버리는 게 아닌가. 너무나 당혹스럽고 민망했다. 그는 나중에 "술집 명함인 줄 알고 그랬다"라며 변명 아닌 변명을 했지만, 그 일은 내게 꽤 충격이었다.

두고두고 생각해도 자존심이 상했다. 도대체 내가 왜 이런 대접을 받아야 할까, 예술의 일부라고 생각하는 건 나 혼자만의 착각일까. 내 몸을 찍는 저 사람들이 나를 제대로 된 모델로 봐주기는 하는 걸까, 끊임없이 일에 대한 회의가 들었다.

누드모델을 그만둘까도 잠시 생각했다. 하지만 그건 내가 가진 선택지 중 가장 손쉬우면서도 비겁한 결말이었다.

그보다는 모든 사람들에게 내 일에 대해 좀 더 분명하고 확실하게 주지시키고 싶었다. 누드모델도 어느 직업 못잖게 수준 높은 프로 의식이 필요한, 엄연한 직업이라고 말이다.

내 고민을 잘 알던 지인에게 이러한 속사정을 털어놨더니 대뜸 "협회를 만들어보라"고 조언해줬다. 단체를 만들면 공신력이 생기고, 개인이 아니라 단체의 이름으로 누드모델의 인식도 함께 개선할 수 있지 않겠느냐는 것이었다.

일리가 있었다. 사진작가협회에 이름을 올리려고 주말마다 산이며 바다며 사진을 찍으러 다니는 작가 지망생들을 생각하니 훨씬 설득력이 있었다. 협회를 등에 업고 '작가' 행세를 하며 알게 모르게 나를 낮추어 보던 이들에게 똑바로, 그리고 당당하게 말해주고 싶었다.

그날부터 난 새로운 공부를 시작했다. 우선 공신력 있는 협회를 만들기 위해 필요한 등록 절차를 파악하고, 그에 필요한 서류를 준비하고 정관을 작성했다.

내가 현장에서 일하며 보고, 배우고, 느꼈던 것을 토대로 '누드모델로서 갖춰야 하는 자격과 품위'를 공식적으로 문서화했다. 평소 알고 지내던 몇몇 작가에게 부탁해 이사회와 고문 등의 직함으로 함께해줄 것을 부탁했다.

모든 준비를 마치고 드디어 서울시청에 공식적으로 협회 등록을 마쳤다.

1996년 6월 28일 '한국누드모델협회'는 그렇게 탄생했다.

인간은 아름다움을 추구하며,
그것을 가장 직접적으로 끌어낼 수 있는 피사체가
우리의 몸이다.

종로 한복판의 공개 누드 크로키

한국누드모델협회 출범을 두 달 앞둔 1996년 어느 날, 난 사람들 앞에 나체로 섰다.

　작가가 아닌 일반 대중들 앞에 누드모델이 선 것은 지금으로서도 파격적인 뉴스다. 나를 포함해 두 명의 여성 누드모델과 외국인 남성 누드모델은 서울 종로 한복판에서 듣도 보도 못한 '공개 누드 크로키 퍼포먼스'를 진행했다.

　퍼포먼스의 취지는 단순했다.

　누드모델에 대한 오해를 바로잡고 올바른 인식을 주기 위해서였다. 누드모델 스스로는 직업적으로 떳떳한들, 대중에게 누드모델은 '무언가 불법적이고 은밀한 일을 한다', '경박하게 옷을 벗고 일한다'는 편견이 있었다.

누드모델을 제대로 알리기 위해서는 누드모델의 실제 작업 과정을 보여주는 것 말고 달리 방법이 없겠다고 생각했다.

언론에서도 공개 누드 크로키 퍼포먼스 예고해서인지, 퍼포먼스 당일 공연 장소였던 종로 인사동의 공평아트센터는 예상보다 더 많은 사람들이 모여들어 인산인해를 이루었다.

협회의 취지에 공감하고 참석한 사람도 있었겠지만, 난생처음 누드모델을 '구경'하려는 이들이 훨씬 많았을 터였다. 세상의 온갖 뉴스를 찾아다닌다는 기자들조차 신기하고 놀란 표정으로 연신 카메라 셔터를 눌렀다.

모두가 숨죽인 가운데 공개 크로키는 시작됐다.

가운을 입은 모델이 무대 중앙으로 등장하자 장내는 술렁였고, 퍼포먼스 시작과 함께 우리는 가운을 벗어 던졌다.

동시에 수많은 플래시가 쏟아졌다. "와" 하는 나지막한 탄성만이 간간이 들릴 뿐, 대부분은 침묵으로 놀라움을 대신 표현했다.

모델들의 경호는 택견 선수들이 맡았다. 혹시라도 모델에게 접근해서 만지려는 사람이 있을지도 몰라 예방차원에서 취한

조치였다.

그날 참석한 이들이 마주한 누드는 익숙하지만 익숙하지 않은 사람의 몸이었으리라. 아마도 박물관이나 미술관에 전시된 작품처럼 보였을 것이다.

박물관이나 미술관에 전시된 작품을 만지고 싶은 충동이 일어나는 것처럼, 실제로 누드를 보게 되면 여태껏 그림이나 사진으로만 봐왔던 누드를 앵글 속의 왜곡된 형체가 아닌 실제 손의 감촉으로 느껴보고 싶을 수 있다.

인간의 나체를 정면으로 응시한 경험이 있는가.

나체를 사진과 그림으로 보기도 하고, 사랑하는 사람과는 발가벗은 채로 뒤엉키기도 한다. 그런데 어떤 행위도 하지 않고, 그저 서있는 나체가 주는 압도감은 실로 상상을 초월한다. 가만히 10초 이상 응시하는 것도, 숨 쉬는 것조차 힘들 정도다.

약속된 시간이 끝나고, 우리는 경호팀의 호위를 받으며 퇴장했다. 파격적이고 강렬한 한국누드모델협회의 공식 데뷔전은 그렇게 마무리됐다.

그곳에 모인 대부분의 사람들에게 그날의 퍼포먼스는 인생에서 한 번 경험할까 말까한 흥미로운 해프닝으로 끝났을지도 모른다. 하지만 그곳에 있던 사람 중 단 한 명이라도 누드와 누드모델의 존재 가치에 대해 달리 생각하게 되었다면, 그것만으로도 충분하다.

매일의 다짐이 어느새 현실이 되다

16명의 회원으로 출범했던 협회는 1년쯤 지나 30명 정도로 규모가 커졌다.

지금으로 치면 에이전시와 비슷한 개념이다. 나는 모델 활동을 하면서 신규 회원들을 교육하고, 누드모델 섭외가 들어오면 적합한 모델을 찾아 연결해주는 업무를 주로 맡았다.

공개 누드 크로키 행사를 치른 뒤 협회 가입 문의가 빗발쳤지만, 호기심에 한번 방문했다가 그만두는 이가 태반이었다.

그러던 중 별의별 일을 다 겪었는데, 그중 하나가 한국누드모델협회 설립 후 1년이 조금 지났을 때 일어났다. 어딘가 익숙하지 않은 분위기를 풍기는 사람 두세 명이 협회를 불쑥 찾아왔다.

딱 봐도 누드모델에 관심이 있거나, 또는 호기심에 한번 기웃거리는 것 같지는 않았다. 그들의 방문 목적은 고압적인 첫 마디에서 단박에 드러났다.

"안기부에서 나왔습니다. 정체불명의 단체가 있다는 신고가 들어와서 확인 차 왔으니 협조하세요. 여기 뭐 하는 곳입니까?"

안기부는 국가안전기획부의 약칭으로, 현 국가정보원의 전신이다. 국가보안법을 중심으로 반국가단체의 활동을 규제하는 것을 주요 업무로 하는데, 1990년대 중반에만 해도 우리 사회의 주요 형법 중 하나였다.

대대적인 누드 퍼포먼스까지 하며 우리가 하는 일을 알리려고 노력했지만 협회를 문제 삼고 논란을 만드는 사람들은 여전히 존재했다. 개중에는 누드모델에 대해 '홀딱 벗고 평범한 사람들을 현혹시킨다'고 생각한 사람들도 있었던 모양이다.

크고 작은 시비와 생활 신고에는 제법 익숙해진 시기였다. 그도 그럴 것이 유명 시사 프로그램에서 우리 협회를 취재한 적도 있었기 때문이었다. 소속 모델 한 명이 협회에 불만을 품고 나가면서, 방송사에 "문제가 많은 곳이다"라며 협회를 제보한 것이다.

그런데 한 달간 모델이며 사진가들이며 협회 안팎을 들쑤시고 다니던 피디가 하루는 "죄송했습니다"라고 하는 게 아닌가. 방송에서 다룰 만큼 문제적 상황이 발견되지 않았다는 의미였다.

당연히 협회를 다룬 시사 고발 프로그램도 방송되지 않았다. 그렇게 '별거 없는' 우리 협회가 정체불명의 반국가단체로 의심된다고?

정치나 사회적 이슈에 민감하지 않은 사람이라도 그 시절 '안기부'가 어떤 기관인지, 또 어떤 사람들을 대상으로 활동하는지는 알고 있었다.

안기부의 주요 업무가 '반국가단체의 활동 규제'였는데, 그 특성상 그들의 활동은 철저히 비밀에 부쳐졌기에 일반인들에게는 더더욱 두려움의 대상이었다. 그런 그들이 누드모델협회, 그리고 그 중심에 있는 나를 감시한다니 순간 긴장이 되었다.

하지만 명색이 협회 회장으로서 당혹감을 드러낼 수는 없는 법. 게다가 나는 '누드모델'이라는 일에 누구보다 떳떳하고 당당했다.

　그들에게 나는 우리의 일과 활동 영역을 상세하게 설명했다. 예술 활동에 있어 우리의 역할이 왜 중요한지, 그리고 왜 꼭 '누드'여야 하는지 그들은 이해하는가 싶다가도 의심의 끈을 쉽게 놓지 않았다.

　이후로도 그들은 석 달 가까이 협회와 나를 감시했다. '새로 생긴 단체의 성격과 목표, 그리고 정체를 정확히 파악해야 한다'는 이유였다.

　당시에는 국가의 그런 관리, 감독 행위들이 당연하게 받아들여지는 분위기가 있었기에 나도 어느 정도는 수긍하고 협조했다. 그들은 우리가 사회 체제를 전복시킬 무언가를 도모하는 것이 아니라, 순수하게 예술 활동에만 전념하는 단체임을 확실히 확인한 후에야 사라졌다.

　그저 누드모델이 좀 더 당당하게 일할 수 있는 환경을 만들기 위해 노력했을 뿐인데, 국가의 감시까지 받는 인사가 된 상황이 기가 차면서도 헛웃음이 났다.

　이후 업계에서의 영향력이 내 의지와 상관없이 날로 커지면서 주변에서 의심과 공격을 받기도 했다. 그럴 때면 나는 평소보다 더 꼿꼿한 자세를 유지했다. 내가 움츠러들면, 누드모델의 입지 또한 예전처럼 쪼그라들 수밖에 없었기 때문이다.

누구보다 우리를 잘 이해하고 우리를 필요로 하는 예술계 종사자들 중에도 누드모델을 얕잡아 보는 무지한 이들이 있었다. 나는 더 뾰족하게 날을 세워 방어했다.

협회의 기반이 단단해져서 누드모델들이 좀 더 잘 활동하길 바랐다. 그러다 보니 국가정보원의 서슬 퍼런 감시에도 끄떡없을 만큼 강해졌다.

아마 생각과 마음가짐만으로는 이만큼 단단해지지 못했을 것이다. 과연 이런 일들을 누드모델들만 겪을까? 형태는 각기 다르겠지만, 살다 보면 나를 위협하는 상황과 시도들이 태클처럼 시시때때로 들어오는 게 인생이다.

어느 순간부터 '왜 하필 나한테만?', '왜 누드모델한테만 그래?'라는 생각을 하지 않게 됐다. 돌이켜보면 내 인생의 더 큰 상처는 일과 상관없이 받았던 것들이었고, 누드모델을 하면서 얻은 마음의 내공이 오히려 그 위기를 버텨내게 했다.

'괜찮아, 잘될 거야. 나는 떳떳하고 당당해'라며 그즈음 매일 스스로를 다잡았던 말들이 결국 현실이 됐을 때, 나는 한 뼘 더 성장해있었다.

잡지 〈플레이보이〉를 추억하며

5년 전쯤, 인터넷 서핑을 하다가 시선을 끄는 뉴스 제목이 있었다. 〈플레이보이〉의 마지막 누드모델, 패멀라 앤더슨Pamela Anderson. 패멀라 앤더슨이라는 이름보다 '마지막 누드모델'이라는 단어에 순간 마음이 허전했다.

그에 앞서 〈플레이보이〉가 "더 이상 지면에 여성의 누드사진을 싣지 않기로 했다"고 발표했다는 기사도 함께 보였다.

과거에 비해 사람의 나체를, 그리고 이를 감상하는 것이 수치스러운 일이라는 인식도 완화되었다. 예술과 외설의 경계도 비교적 뚜렷해진 지 오래다.

그런데도 왜 누드를 더 이상 보지 않겠다는 것일까. 어째서 누드는 여전히 환영받지 못할까.

〈플레이보이〉는 미국의 남성용 월간 잡지로, 〈플레이보이〉의 상징이라고 하면 뭐니 뭐니 해도 매호마다 선정해 특집으로 다루는 모델인 '플레이메이트'다.

〈플레이보이〉는 매력적인 일반 여성을 매달 선정해 누드사진을 촬영하고, 이를 대형 브로마이드로 제작해 잡지 중간에 넣어 발행해왔다. 참고로, 1953년 창간호의 플레이메이트는 당시 영화 〈나이아가라〉로 유명세를 탄 메릴린 먼로Marilyn Monroe였다.

한때 발행 부수가 매호 500만 부, 정기 구독자만 해도 100만 명에 달했던 〈플레이보이〉의 대표 모델이 된다는 건 그 자체로 큰 화제였다.

우리나라도 이승희, 이파니 등 '〈플레이보이〉 모델 출신'이라는 화려한 수식어를 달고 연예계까지 진출한 이들이 있었으니 말이다. 동시에 〈플레이보이〉는 일부 여성주의자들로부터 여성을 성적 대상화한다는 비판을 줄곧 들어오기도 했다.

온라인 매체가 급속히 확산되고, 유사한 잡지가 자리를 잡으면서 〈플레이보이〉의 명성은 점차 희미해져갔다. 그리하여 2015년부터는 여성을 성적 대상화하고 욕망의 대상으로 보여주는 누드사진을 싣지 않겠다는 결정을 내렸다.

누드를 그리거나 보는 것만으로도 수치스러운 일로 여기던 과거에도, 여성의 몸을 욕망, 탐닉의 대상으로만 바라볼 수 없게 된 지금도 '누드'는 언제나 뜨거운 감자다.

아름다운 것을 그저 아름답게만 바라볼 수는 없을까. '인간의 나체'라는 누드의 속성은 그대로 유지한 채 순수한 마음으로 누드를 사랑할 수는 없을까.

그 일이 생각만큼 쉽지 않은 일임을, 옛날의 〈플레이보이〉를 추억하며 새삼 느낀다.

여성의 시선으로 보는 여성

시대를 막론하고, 누드는 언제나 논란의 중심이었다.

금기를 비웃는 이 도전적인 작화에도 나름의 룰은 있다.

그건 대부분의 누드모델이 여성이란 사실이다. 실제로 '누드화'라고 하면 대부분은 여성 누드모델과 남성 화가를 떠올린다. 나 또한 여성 화가와 작업한 적은 있지만 남성 작가에 비하면 경험이 극히 적다. 이유가 뭘까.

이런 구조의 특징에 근본적인 질문을 던진 건 최근의 일이다. 계기는 책 한 권이었다. 책《여성 화가들이 그린 나체화의 역사》는 남성 중심으로 기록된 미술사 때문에 그간 조명받지 못했던 여성 예술가들의 생애와 작품들을 다수 수록하고 있다.

편견 속에서 고군분투했던 여성 예술가들에 대한 기록을 보고 나니, 누드와 몸에 대해 새삼 다시 고민하게 됐다.

고대사회에서 남성의 몸은 곧 선善이자 아름다움의 기준이었다. 그에 반해 여성의 몸은 뱀의 유혹에 빠진 이브의 원죄를 지닌 욕망과 타락의 상징으로 인식됐다고 한다.

모든 타락한 것은 인간 내면에 잠재된 예술의 본능을 자극한다. 누드를 마음껏 그릴 수 있었던 남성 예술가들에게 '여성의 몸'은 그야말로 영감의 원천이 아니었을까.

누드화에서 여성이 객체, 대상이 될 수밖에 없던 이유는 또 있다. 여성 예술가들은 남성과 달리 누드를 마음껏 그리지 못했다. 여성이 누드를 그리는 것은 심각한 도덕적 결함이자 조롱의 대상이 됐기 때문이다.

화가나 조각가가 되려면 가장 먼저 누드를 관찰하고 습작해야 하는데, 여성 예술가들에게는 이런 기본적인 기회조차 주어지지 않았다. 그 길고 긴 예술사에서 이름만 대면 알 만한 유명 작가 중에 여성이 과연 몇 명이나 될까. 그러나 이 척박한 현실 속에서도 위대한 여성 예술가들은 존재했다.

여성 예술가가 그린 누드의 역사에서 꼭 빼놓을 수 없는 두 작가가 있는데, 17세기에 활동한 작가 라비니아 폰타나Lavinia Fontana와 미하엘리나 바우티르Michaelina Wautier다. 라비니아 폰타나는 여성 화가에게는 금기였던 '누드화'를 처음 그린 여성 예술가로 알려져있다.

그녀는 마지막 작품이자 여성 화가가 그린 첫 누드화인 〈옷을 입으려는 미네르바Minerva Dressing〉를 발표한다. 이 작품이 지닌 특유의 섬세함과 따뜻함에 나는 한동안 매료됐다.

미하엘리나 바우티르는 로마 신화에 나오는 술의 신 바쿠스를 묘사한 작품 〈바쿠스의 승리Triumph of Bacchus〉를 통해 여성 작가가 그린 최초의 남성 누드를 선보인다.

이후 등장한 여성 작가들의 시도는 더욱더 과감해진다. 18세기 이탈리아의 화가 줄리아 라마Giulia Lama는 남성의 성기를 정면으로 향한 상태로 그려 한동안 논란이 됐다. 이에 당대 남성 작가들은 누드화의 금기를 깼다며 그녀를 비난했다. 하지만 그 시도는 분명히 다른 여성 작가들에게 엄청난 반향을 일으켰을 것이다.

19세기의 앙겔리카 카우프만Angelica Kauffmann은 누드 초상화로 세계적인 명성을 얻었다. 그리고 로댕의 연인으로도 잘 알려진 20세기의 작가 카미유 클로델Camille Claudel 역시 남성의 몸이 지닌 역동성을 아름다운 조각품으로 표현했다.

여성의 몸이 누드의 대상이 된 건 단순히 '아름답기 때문'만은 아니다. 거기에는 여성을 배제하고 멸시하는 시대적 인식과 역사도 함께 내포하고 있다.

수백, 수천 년 동안 이어져 온 누드는 앞으로 또 어떤 방식으로 표출되고 해석될까.

〈바쿠스의 승리〉를 시작으로 남성을 묘사하는
여성 작가들의 활약이 두드러지기 시작한다.

품위에 대하여

'한국누드모델협회'의 회장이 되고 난 이후의 '하영은'은 그저 혼자 열심히 잘하는 누드모델로만 머물 수는 없었다.

처음에는 나를 지켜줄 방패막이로 협회를 설립했지만, 협회를 만든 이상 적어도 한국에서의 누드모델에 대한 인식, 그들의 처우에 대해 함께 연대하고, 고민하고, 더 나은 방향으로 이끌어야 할 책임이 주어졌다.

스스로의 권위를 지키기 위한 가장 좋은 방법은 무엇일까.

품위를 잃지 않는 것이다. 이를 위해 자신의 격을 낮추지 않는 기품 있는 태도를 유지하려고 하며, 어떤 상황에서도 흔들리지 않을 내 삶의 중요한 가치관 하나쯤은 가슴에 품고 살아야 한다.

이러한 품격은 대단한 힘에서 나오는 것이 아니다. 사소한 말 한마디, 언뜻 스치듯 지나가는 행동 하나에서 풍긴다.

품위를 지키기 위해 나는 다음과 같이 했다. 더 이상 나를 소개해야 하는 공식적인 자리가 아닌 곳에서는 명함을 돌리지 않았다.

일을 의뢰받을 때도 개인적으로 하지 않고, 협회를 통하게 했다. 작업을 위한 미팅 자리 외에는 어떠한 사적 모임에도 나가지 않았다. 친분으로 일감을 얻고, 커리어를 확장했던 몇 년 전과는 분명 다른 지점에 서있었다.

누드모델에게 필요한 작업 환경에 대해서도 목소리를 내기 시작했다. 의뢰인들에게 작업 과정 중에 불쾌한 상황이 발생하면 협회 차원에서 단호하게 대처할 것임을 분명히 주지시켰다. 그외 모델의 컨디션 유지를 위한 최소한의 환경 조성에 대해서도 일정한 가이드를 만들어 의뢰인들에게 제시했다.

협회를 통해 일을 시작하는 후배 누드모델을 교육하고 관리하는 일도 늘었다. 그럼에도 불구하고 지금도 여전히 말도 안

되는 처우와 작업 환경을 접하는 경우가 많다.

그건 곧 내가 아직 해야 할 일이 많다는 의미이기도 하다. 누드모델 하영은의 이야기는 여전히 현재진행형이다.

나는 '누드모델'이다. 한국 최초는 아니지만, 가장 오랫동안 현역으로 활동한 전문 누드모델을 꼽으라면 당당하게 "하영은"이라고 답할 수 있다.

누드모델이 지금처럼 전문 직업으로 자리 잡을 수 있었던 데에는 30여 년간 한결같은 철칙으로 이 자리를 지켜온 내 몫이 적지 않다고 자부한다.

그럼에도 불구하고 한탄강에서 경험한 첫 촬영의 민망함과 당혹감은 쉽게 잊히지 않는다. 만약 그때의 나에게 지금의 나 같은 선배나 조언자가 있었다면 조금은 마음의 짐을 덜 수 있지 않았을까.

나를 당당하게 만들어주는 것은 옷이 아니라 태도다. 누드모델로 활동해오면서 내가 깨달은 사실은 단순하고 명료하다. 옷을 벗어도, 팬티 한 장 걸치고 있지 않아도 '나는 나'일 뿐이라는 것.

사람의 몸을 보면 스스로 얼마나 몸을 아끼고 사랑하는지, 그 흔적이 고스란히 드러난다. 나이가 들어도 자기 몸을 사랑하고 아낀 흔적이 남은 몸은 그렇지 않은 젊은이의 몸보다 훨씬 아름답다. 거침없이 벗고 적당히 포즈만 잘 취하는 것을 누드모델의 덕목으로 여겼다면 지금의 나는 없었을 것이다.

남들이 생각하는 것보다 훨씬 더 강도 높은 자기 관리와 직업의식을 가지고 이 일에 임해왔다. 어느 순간부터는 진짜 제대로 하는 '누드모델'이 무엇인지 보여줘야겠다는 사명감으로 더욱 일에 매진했다.

비록 시작은 사소했을지라도, 지금 나는 우리나라 최고의 누드모델이라고 자부한다.

이 이야기를 언젠가 한번쯤은 꼭 해보고 싶었다.

누드모델은 우선 자기 몸을 있는 그대로 바라보고
인지하는 것에서 시작한다.

비록 시작은 사소했을지라도,
지금 나는 우리나라 최고의 누드모델이라고 자부한다.

일러스트 데이비드 한David Han

유타주립대학교에서 일러스트레이션을 전공했다. 디즈니에서 CG 아티스트, 버거킹에서 토이 디자이너로 활동했으며, 현재 한국에서 누드 크로키를 그리는 'B1드로잉팀'에서 활동하며 그룹전에 다수의 작품을 출품하고 있다.

나   는
누드모델입니다
MY BODY,
my work, my hope

초판 1쇄 발행 2021년 6월 30일
초판 2쇄 발행 2021년 7월 14일

지은이. 하영은

펴낸이. 최지연
책임편집. 신나래
정리. 김은향
교정. 김안젤라
마케팅. 이유리, 홍윤정, 김현지
디자인. 석윤이
제작. 어진

펴낸곳. 라곰
출판등록. 2018년 7월 11일 제2018-000068호
주소. 서울시 마포구 큰우물로75 1406호
전화. 02-6949-6014
팩스. 02-6919-9058
이메일. book@lagombook.co.kr

ⓒ 하영은, 2021
ISBN 979-11-89686-32-1 03810